DAS LIED DES SPEERS

DIE INSEL DES SCHICKSALS
BUCH DREI

TRICIA O'MALLEY

Übersetzt von
DANIEL FRIEDRICH

LOVEWRITE PUBLISHING

Das Lied des Speers

Die Insel des Schicksals: Buch 3

Copyright © der deutschsprachigen Ausgabe 2022 Lovewrite Publishing
Titel der englischen Originalausgabe: „Spear Song"
Copyright © 2017 Lovewrite Publishing
Alle Rechte vorbehalten.

Umschlaggestaltung:
Rebecca Frank Cover Designs
Übersetzung: www.translatebooks.com Daniel Friedrich
Deutsches Lektorat: Annette Glahn

Lovewrite Publishing: 382 NE 191st, st#24553, Miami, FL, USA, 33179-3899

Für diejenigen, die das Licht suchen.

„Hüte dich vor den Meerjungfrauen mit ihrem regenbogenfarbenen Haar und ihren indigoblauen Augen.“
– Conny Cernik

„Halt still, Mutter, nur kurz. Nur für einen Moment. Genau so, Liebes. Jetzt öffne deinen Mund", sagte Lochlain sanft und neigte den Kopf seiner Mutter, während er ihr ein weiteres Elixier in die Kehle goss. Es war der fünfte sorgfältig zusammengestellte Trank, den er an diesem Tag anwendete, und zu seinem Entsetzen hatte keine seiner Tinkturen den Zauber rückgängig machen können, der seine Mutter langsam von innen heraus umbrachte.

„Verdammte Domnua, mögen sie alle für immer in der Finsternis dahinrotten", zischte Loch und drehte sich um, um durch den Raum zu gehen, während er sich mit einer Hand durch das dunkle Haar fuhr, das sich um sein kantig geschnittenes Gesicht legte. Seine goldenen Augen glühten förmlich vor Wut, während er immer weiter fluchte und über die letztmöglichen Zauber nachdachte, die er noch anwenden konnte, um das Leben seiner Mutter zu retten.

Es war drei Tage her, dass sie bei einem Streifzug durch die abgelegenen Hügel im Westen Irlands einem Domnua

begegnet war. Wie üblich hatte sie Zutaten für ihre Zauber-
rituale gesammelt, die im fahlen Licht des Neumonds
geerntet werden mussten. Es war auch die Zeit, zu der die
Barrieren zwischen den Welten dünn waren.

Zu dünn, wie Loch leider hatte erfahren müssen. Der
berüchtigte Fluch, der dafür sorgte, dass die Danula seit
Jahrhunderten in Sicherheit leben konnten und die
Domnua in die Unterwelt verbannt waren, neigte sich
seinem Ende zu. Die Uhr tickte und die Domnua bauten
ihre Macht aus, während sie immer leichter Wege in die
Welt des modernen Irlands fanden. Sie schirmten sich ab
und hatten begonnen, den virtuellen Spielplatz zu genießen, den die Menschen ihnen zur Verfügung gestellt hatten.

Die Feen – sowohl die guten als auch die bösen –
konnten den Abwegen und Dramen, die mit dem menschlichen Dasein einhergingen, nicht widerstehen. Eine längere
Lebensspanne konnte einer Seele so etwas antun und es
führte im Falle der Feen dazu, dass sie vom unverwüstlichen
Geist der Menschen angezogen wurden und unersättlich
und fasziniert sowohl dem Verlauf von Kriegen als auch
dem von Liebesgeschichten folgten.

Als die Domnua ihre Freiheit wieder zu schmecken
begannen, war der Versuch, sie unter Kontrolle zu halten
so, als würde man beide Hände über einen Feuerwehr-
schlauch halten. Mit Leichtigkeit strömten sie durch den
dünnen Schleier, der die Welten trennte. Lochs Mutter
hätte es besser wissen müssen, schließlich hatte er sie
gewarnt. Loch fluchte erneut, als sein Blick zu seiner auf
der Seite liegenden Mutter wanderte, zusammengerollt
unter einer Decke, neben dem knisternden Feuer, das an
diesem kühlen Frühlingstag zusätzliche Wärme spendete.

Es hatte keinen Grund gegeben, sie zu verletzten. Es war ihnen ausschließlich darum gegangen, eine Botschaft zu übermitteln. Loch hatte in ganz Irland davon gehört, in geflüsterten Gesprächen in Pubs und in Erzählungen von Reisenden. Die Domnua wollten zeigen, dass sie keine Angst hatten, indem sie versuchten, Unschuldige zu töten. Und hätte seine Mutter – eine ehrwürdige Priesterin – keine so herausragende Position in der Welt der Feen gehabt, dann wäre sie jetzt tot. Ihre Magie hatte sie gerettet, aber jetzt musste sich Loch die Frage stellen, ob dadurch nicht einfach ihr Ende schmerzhaft in die Länge gezogen wurde. Er kniete neben ihr nieder und legte ihr eine Hand auf die Wange.

„Meine Mutter, mein Herz, ich werde ein Heilmittel für dich finden. Das verspreche ich." Loch presste seine Lippen auf ihre Stirn.

„Mein Sohn. Mein Herz. Wenn ich gehen muss... dann muss ich gehen. Ich bin selbst schuld." Ihre Worte brachen ab, und Lochs Herz setzte aus, während er darauf wartete, dass sie einen weiteren schweren Atemzug nahm.

„Es ist nicht deine Schuld, Mutter. Die mordenden Domnua sind schuld. Ich werde es rächen. Aber zuerst muss ich los, um Hilfe für dich zu finden. Ich habe meine eigenen Mittel ausgeschöpft."

„Mein Kind. Mein unbeugsamer, schöner Sohn. Du hast so viel Gutes in dir. Lass das Dunkle nicht gewinnen." Ihre Worte verklangen, und Loch fragte sich, ob sie eine versteckte Bedeutung hatten. Aber er hatte keine Zeit zu verlieren, berührte noch einmal mit seinen Lippen ihre Stirn und versprach ihr eine baldige Rückkehr. Dann eilte er aus ihrem Haus, mit nur einem Ziel vor Augen.

Loch raste durch den Nebel des frühen Morgens, der sich über die stimmungsvollen Hecken und sanften Hügel gelegt hatte, die einen Ort schützten, der den Sterblichen unbekannt war. Ein menschlicher Passant würde nur eine weite, karge Hügellandschaft sehen, aber sobald er versuchen würde, sie zu erklettern oder zu erforschen, würde er auf ein so undurchdringliches Gestrüpp aus Hecken stoßen, dass er gezwungen wäre, umzukehren. Das magische Volk der Danula hatte hier eine Hochburg – eine von vielen, die über ganz Irland verstreut waren. Und noch tiefer in diesen Hügeln befand sich eine heilige Höhle, die so sagenumwoben und verwunschen war, dass es niemand aus dem Feenvolk wagte, sie zu betreten, denn darauf stand die Todesstrafe.

Loch hielt inne, als er sich näherte. Er spürte den Druck der Magie, die unsichtbare Barriere des ersten Schutzwalls, der seine Bewegungen in der Nähe der Höhle melden würde, und blieb kurz davor stehen. Mit seinen zusätzlichen Sinnen begann Loch, die verschiedenen Schutzwälle und Zauber aufzuspüren. Er griff tief in seinem Inneren nach einer Magie, von der er einst hatte schwören müssen, sie niemals anzuwenden, und begann, die Schutzzauber außer Kraft zu setzen. Er bewegte sich schnell über die verschiedenen Grenzlinien, während er seinen Zauber und seine Magie abfeuerte, bis er mit rasendem Herzen vor der Höhle stand.

Ging er durch diese Tür, wäre er dem Tod geweiht.

Aber seine Mutter würde leben.

Ohne weiter darüber nachzudenken, stieß Loch die Tür auf und eilte umher, auf der Suche nach dem Einzigen, von dem er wusste, dass es seine Mutter retten würde – ein

Fläschchen mit dem heiligen Blut der Göttin Danu selbst. Er brauchte kein Licht, um zu sehen, denn seine Augen hatten sich schnell an die Dunkelheit gewöhnt. Er rannte durch die Räume, während er die verschiedenen Schätze, die er dort fand, nur kurz begutachtete. Hätte er mehr Zeit gehabt, hätte es ihm Freude gemacht, in dieser wahren Aladdinshöhle zu stöbern und ihre Schönheit zu genießen, aber jede Sekunde zählte.

Sowohl für sein eigenes Leben als auch für das seiner Mutter.

Loch hielt an, nachdem er einen schmalen Felsvorsprung umrundet hatte. Er hatte gefunden, was er suchte: eine gewundene, mundgeblasene Glasflasche, an der ein hauchdünner Schleier aus violettem Kristall zu Blütenblättern in Form eines keltischen, quaternären Knotens emporrankte. Der Verschluss selbst war eine Rose aus reinstem Rubinrot, die die Farbe der Flüssigkeit widerspiegelte, die die Flasche enthielt.

Für einen winzigen Moment blieb Lochs Herz stehen, und er spürte die überwältigende Schönheit von etwas, über das nur in Legenden geflüstert wurde. Dann blendete er seine Gedanken und Ängste aus. In diesem Moment war er ein Krieger, dessen einziges Ziel es war, seiner Mutter diese Magie zu überbringen. Er griff nach der Flasche und löste sie vorsichtig vom Ständer, auf dem sie stand.

Augenblicklich erhellte ein Licht – tausendmal heller als die Sterne – den Raum und blendete ihn, während der Schall der Mireesi, der Racheengel der Göttin, durch die Höhle rauschte. Ihr Klang war ebenso schön wie schmerzhaft. Er tobte durch seinen Kopf wie Millionen von Rasierklingen, die seinen Geist zerschnitten. Bevor ihn der Gesang um den Verstand bringen konnte, wandte Loch einen letzten Trick an und löste sich in Luft auf, während die Engelskrieger den geschützten Raum fluteten – nur um einen leeren Raum vorzufinden, in dem das heiligste Blut fehlte.

Als ihre verzweifelten Schreie über das Land schallten, erstarrten die Dorfbewohner, denn sie wussten, dass ein Schwur gebrochen worden war und dass der Tod von einem der ihren unmittelbar bevorstand. Alle Augen richteten sich auf die Hügel, wo eine Flut von amethystfarbenen Kriegern, geflügelten Bestien der herrlichsten Schöpfung, auf glühenden Wellen aus jeder Spalte der Hügel strömte und wie im Wahn auf die Suche nach einem Feenmann gingen – dem einzigen, der jemals mächtig genug gewesen war, ihre Schutzwälle zu durchbrechen.

Sie mussten dafür sorgen, dass er unverzüglich seinen Tod finden würde.

2

L och materialisierte sich an der Seite seiner Mutter und sah mit Schrecken, wie sich ihr Brustkorb bereits ruckartig hob und senkte, nachdem die gefürchtete Rasselatmung ihren welken Körper erfasst hatte. Ohne zu zögern, zog er den Rosenstöpsel aus der Flasche, umfasste sanft das Kinn seiner Mutter und öffnete ihren Mund.

Die Augen seiner Mutter weiteten sich und ihre Lebensgeister begannen zu schwinden, als sie sich auf die Flasche konzentrierte, die er in den Händen hielt.

„Nein..." Das Wort war kaum mehr als ein Röcheln, ein Luftholen, aber der Schrecken in ihren Augen war echt. Sie wusste so gut wie jeder andere, dass Lochs Handeln seinem Todesurteil gleichkam.

„Doch", sagte Loch. Er goss nur ein paar Tropfen in den Mund seiner Mutter, denn er wusste, dass eine zu große Dosis sie auf eine Weise verändern würde, gegen die er machtlos wäre. Er wollte seine Mutter nicht zu einer Halbgöttin machen – er wollte ihr einfach nur das Leben retten. Ihre Augen folgten mit Schrecken seinen Bewegun-

gen, aber Loch hielt einfach ihre Hand, bis er sah, wie sie
wieder einen ungehemmten Atemzug nahm, ihre Lungen
aufhörten zu rasseln und eine rosige Frische auf ihre
Wangen zurückkehrte. Dann beugte er sich vor, um ihr
einen Kuss auf jede Wange und dann auf die Stirn zu geben.

„Werde wieder gesund, mein Herz. Meine Mutter, mein
Blut. Meine Liebe zu dir geht über alle Zeit hinaus. Niemals
werde ich es bereuen, diese Entscheidung für dich getroffen
zu haben. Ich muss jetzt gehen – sie werden mich hier
finden. Pass auf dich auf – erzähle meine Geschichte, denn
durch dich lebe ich weiter", flüsterte Loch, und die Hände
seiner Mutter umklammerten seine Arme. Tränen liefen
aus ihren Augen, während sie den Kopf schüttelte.

„Das war zu viel. Du hast zu viel getan. Du hättest mich
gehen lassen sollen."

„Zu viel? Niemals. Du hast in diesem Leben mehr
bewegt, mehr Menschen gerettet und mehr Gutes getan, als
ich es je getan habe. Du hast dir das Recht verdient, zu
bleiben und dein gutes Werk fortzusetzen. Es ist mein
Geschenk an dich, das Geschenk eines Sohns an seine
Mutter, eine der höchsten Priesterinnen des Landes und
eines der gütigsten Herzen, das ich kenne. Setze deine
Magie fort und pflanze einen Strauch mit Rosen – und
erinnere dich an mich, wenn sie blühen", sagte Loch und
neigte dann den Kopf, um zu lauschen. Als er die Schreie
der Racheengel im Wind hörte, drückte er ihr einen letzten
Kuss auf die Wange und freute sich, das Licht in ihren
goldenen Augen – Zwillinge der seinen – noch einmal
aufleuchten zu sehen.

Loch wendete seine Magie an, um sich wegzuzaubern,
tröstete sich mit dem Feuer, das in den Augen seiner

Mutter loderte, und ignorierte den Schmerz, den er dahinter in den Tiefen sah. Was getan war, war getan. Er würde die Konsequenzen tragen, so wie es ein Krieger – ein hoher Feenpriester – tat, und er würde seinen Todesstoß mit Würde hinnehmen.

Als er sich wieder vor der Höhle materialisierte, ging er vorsichtig hinein, ohne Magie zu benutzen und ohne sich darum zu kümmern, ob die Warnsysteme ausgelöst wurden, die die Mireesi auf seine Anwesenheit aufmerksam machen würden. Das Sicherste, was er jetzt tun konnte, war, das Blut der Göttin wieder auf den Thron zu bringen, um zumindest sicherzustellen, dass es nicht in die falschen Hände geriet. Einen solchen Schatz ungeschützt in die Welt hinauszutragen, könnte zu einer Massenrevolution führen, zu einem Zusammenprall der Welten, zum Aufkommen und der Ausbreitung einer Magie der dunkelsten und heimtückischsten Art über alle Länder. Das Wenigste, was wer tun konnte, war, diesen Schatz im Angesicht seines sicheren Todes, hierher zurück und in Sicherheit zu bringen.

Loch stellte die Flasche behutsam auf ihren Sockel zurück, wohl wissend, dass die Rächer hinter ihm waren und ihn beobachteten, aber ohne sich umzudrehen. Stattdessen sicherte er die Flasche, indem er sich vergewisserte, dass der rubinrote Verschluss fest auf der Kristallflasche saß und sie wieder von ihrem magischen Schutz umgeben war. Er nahm sich einen Moment Zeit, um ihre Schönheit zu betrachten – eine Schönheit die kein Feenmann je gesehen hatte –, bevor er sich umdrehte und auf die Knie sank. Mit hängendem Kopf erwartete er sein endgültiges Urteil, wohl wissend, dass es unverzüglich kommen und unumkehrbar sein würde. Seufzend schickte er seiner Mutter einen kurzen Schutzzauber und wartete auf sein Ende.

„Steh auf." Eine Stimme von unerträglicher Schönheit – wie ein singender Chor und weinende Engel zugleich – überflutete ihn, ließ ihn erschauern und verlangte nach einer sofortigen Reaktion.

Loch stand auf, hob den Blick und betrachtete die Göttin Danu. Sie hatte die Gestalt einer atemberaubend schönen Frau angenommen, mit üppigen Kurven und in der Blüte ihrer Jugend stehend – ein reifer Apfel, der darauf wartete, vom Baum gepflückt zu werden. Loch kämpfte gegen die unmittelbare Welle der Lust an, die ihn durchströmte. Dann löste er seine Augen von den ihren und verneigte sich tief.

„Göttin", sagte Loch in respektvollem Ton, den Blick auf den feuchten Boden der Höhle gerichtet.

„Lochlain Laird, Hohepriester meines Volkes, was hast du getan?", verlangte Danu, und ihre Stimme löste bei Loch einen doppelten Schauer der Lust und Angst aus, während seine Gedanken rasten und er überlegte, wie er sich verhalten sollte. Die Tatsache, dass er noch am Leben war, war undenkbar, und er fragte sich, was das für ihn bedeutete.

Eines wusste Loch: Wenn er ihr erzählte, dass jemand ihr Blut erhalten hatte, würde diese Person gefangen genommen und unter Quarantäne gestellt werden, denn es war immer noch ungewiss, welche magischen Wirkungen ein Blutstropfen einer Göttin bei einem Feenwesen entfalten konnte. Immer noch davon überzeugt, dass sein Tod unmittelbar bevorstand, hob Loch den Kopf und warf Danu ein schelmisches Grinsen zu.

„Ich dachte, ich schaue mir mal an, was es mit dieser Höhle auf sich hat. Ist schon ziemlich interessant, mit all den Artefakten hier drin." Loch blickte sich um, bevor er sich mit einer gespielten Unverschämtheit durchs Haar fuhr und mit den Schultern zuckte. „Wirklich nett, das ganze magische Zeug."

Danu legte den Kopf schief und musterte ihn. Die Höhle blieb still.

„Weißt du, ich habe dich schon immer gemocht", sagte Danu schließlich. Lochs Fassade begann zu bröckeln, als er ihren Blick überrascht auffing. Sie ging langsam auf ihn zu und blieb nur wenige Zentimeter von seinem Körper entfernt stehen, sodass er ihre Macht spüren konnte und jedes seiner Nervenenden in höchste Alarmbereitschaft versetzt wurde.

„Ist das so?", fragte Loch und zwang sich, selbstsicher zu bleiben, obwohl seine Gedanken umherflogen beim Versuch, der Macht der Frau zu widerstehen. Sie drohte ihn von den Füßen zu reißen und wehrlos zu machen.

„Ja. Sehr sogar", sagte Danu und strich mit einer Hand über seinen Arm, eine Spur der Hitze hinterlassend. „Ein Heißsporn, eigensinnig und mit einer Tapferkeit, die nur wenige Krieger haben. Und doch beherbergt er tief in seinem Inneren ein Herz aus reinstem Gold. Eines, das Entscheidungen zum Wohle anderer trifft, oft zum Wohle aller." Danu fuhr ihm weiter mit der Hand über den Arm, und trat einen Atemzug näher, während sie ihn mit ihren amethystfarbenen, an den Enden leicht nach oben geschwungenen Augen ansah, die die Geheimnisse der Welt in sich trugen.

„Nur, um Eurem höchsten Wunsch zu dienen, meine

Göttin", sagte Loch und ignorierte die Aufforderung, die er in ihren Augen sah.

„Ich hätte dich fast als Liebhaber genommen", sagte Danu, und Loch spürte, wie sich sein Magen zusammenzog und sein Körper gegen seinen Willen auf ihre Worte reagierte, wie es bei jedem Mann angesichts solcher Schönheit und Macht geschehen wäre. „Aber du bist nicht für mich", sagte Danu und tätschelte sanft seine Wange, bevor sie zurücktrat.

Loch hielt es für weise zu schweigen.

Danu ging ein paar Schritte, die Arme hinter sich verschränkt, und dachte über ihre Optionen nach, während die Mireesi unbeugsam hinter ihr standen und ihre Augen nicht von Loch ließen.

„Warum hast du mein Blut genommen?", fragte Danu und sah ihm direkt in die Augen. Loch spürte, wie sie mit aller Kraft in seinen Geist einzudringen versuchte, um Antworten zu finden. Er schirmte sich mit all seiner Magie und geistiger Schärfe gegen sie ab – unsicher, ob es ausreichen würde – und log der höchsten Macht aller Welten wieder mitten ins Gesicht.

„Ich wollte nur sehen, welche Kräfte es hat", sagte Loch achselzuckend.

„Und? Hast du gefunden, wonach du gesucht hast?", fragte Danu und zog eine Augenbraue hoch, während sie eine Hand auf ihre Hüfte stemmte.

„Ja, das habe ich. Es handelt sich um ausgesprochen mächtige Magie, meine Göttin." Loch wagte ein freches Lächeln, da es nun ohnehin kaum noch eine Rolle spielte, im Angesicht seines sicheren Todes.

„Und du wirst die Konsequenzen deines Handelns

akzeptieren – egal, wie sie aussehen – da du dich eines der höchsten Verbrechen schuldig gemacht hast, die ein Danula begehen kann?", fragte Danu, ihre Augen fest auf seine gerichtet.

„Ja, meine Göttin. Ich nehme meinen Tod an und bitte um Entschuldigung für mein Handeln", sagte Loch.

„Du willst mir nicht sagen, warum du mein Blut gestohlen hast?", fragte Danu zum zweiten Mal, und erforschte mit ihren Kräften seinen Verstand, während Loch darum bemüht war, sie fernzuhalten und seine Mutter zu schützen.

„Ich sagte es bereits – Neugierde. Ich bin recht eigensinnig und stur, wie Ihr selbst gesagt habt. Es war sehr schwer für mich, die Geheimnisse dieser Höhle nicht zu kennen. Jetzt kenne ich sie, aber nur zu meinem eigenen Nachteil. Meine Strafe wird anderen eine Lehre sein", sagte Loch und wartete erneut darauf, dass sie seinen Tod anordnete. Er konnte nicht verstehen, warum sie ihre Zeit mit ihm vergeudete, denn jeder Feenmann wusste, dass das Betreten dieser Höhle den sicheren Tod bedeutete.

„Deine Worte sind nichts als Worte", sagte Danu, der ein kurzes Lächeln übers Gesicht huschte, bevor sie zuerst ihr exquisites Kinn und dann ihre Arme erhob, um ihre Anweisungen auszusprechen. „Doch in diesem Fall wird deine Macht in dieser Welt noch gebraucht. Du hast einen Dienst zu leisten, und das sollst du auch tun, bevor ich meine endgültige Entscheidung über deine weitere Existenz in diesem Reich treffe. Anstatt das sofortige Todesurteil über dich zu verhängen – für das Verletzen der heiligsten aller Magien, das Eindringen in mein heiliges Reich und das Wagnis, mein verzaubertes Blut zu berühren und zu benutzen –, befehle ich dir, Lochlain, dich der Riege der Na Cosantoir anzuschließen und eine Sucherin, die Dritte auf dieser Mission, zu beschützen und dafür zu sorgen, dass ihr kein Leid geschieht, bis sie den Schatz gefunden hat. Du darfst vorerst am Leben bleiben, bis deine Aufgabe erfüllt ist und der Schatz geborgen ist. Danach werde ich über dein Schicksal entscheiden."

Überraschung erfasste Loch, als er erkannte, dass die Göttin sein Leben verschone – gefolgt von Empörung.

„Ihr wollt, dass ich irgendeinem Mädchen folge, um sicherzugehen, dass sie einen Schatz finden kann? Das ist doch die Aufgabe eines einfachen Kriegers", spottete Loch. Dann fing er sich wieder. Besser nicht zu arrogant werden. Mehr Zeit in dieser Welt würde es ihm ermöglichen, dafür zu sorgen, dass seine Mutter gesund und munter sein würde.

„Na Cosantoir zu sein ist eine große Ehre für Angehörige unseres Volkes, Lochlain. Seit Generationen streben Danula diese Rolle an, um den Schutz unseres Volkes zu gewährleisten", sagte Danu und klang dabei so verstimmt, wie sie als Göttin nur sein konnte.

„Für diejenigen, die wenig Macht haben, kann ich den Reiz einer solchen Rolle durchaus erkennen", ergänzte Loch schnell. „Aber meine Talente sind in anderen Bereichen besser aufgehoben."

Danu richtete sich auf, und die Raumtemperatur sank, während ihr Temperament anschwoll.

„Es gibt hier nichts zu verhandeln. Du wirst tun, was ich sage, oder dein Leben ist null und nichtig", sagte Danu und ihr Atem fror zu Eiskristallen, die in der Luft zersprangen und an Lochs Haut hinunterliefen, während sie ihn mit ihrem Zorn überschüttete.

„Ja, meine Göttin. Ich bitte vielmals um Entschuldigung. Ich werde dafür sorgen, dass diese... Sucherin... ihren Weg zum Schatz findet", stieß Loch hervor. Er hasste es, dass er mit einer so banalen Aufgabe betraut wurde, die weit unter seinen Fähigkeiten als Hohepriester lag.

„Das wirst du. Oder dein Leben gehört mir."

Die Göttin verschwand in einer Wolke aus Eiskristallen und Magie und ließ Loch geblendet zurück, schwer atmend und völlig überrascht davon, welche Wende die Dinge genommen hatten. Als er es schließlich wagte, die Augen zu öffnen, verzog er das Gesicht.

Vor ihm lag ein kleines Dorf auf dem Land und, was noch wichtiger war, eine Art Hobbyladen, in dem er die Sucherin vermutete, die er beschützen sollte. Beim Anblick der Star-Wars-Poster, den Stapeln von Comics auf den Tischen im Schaufenster, den Notizbüchern, Schreibwaren, Filzstiften, Spielzeug und allerlei Krimskrams und Nippes, schüttelte Loch ungläubig den Kopf. Das sollte der Laden seiner Sucherin sein?

Stöhnend ließ er sich nieder und wartete.

3

Gwenith Donovan blätterte die Seiten des neuesten Marvel-Comics um, während ihre Augen aufmerksam über die Illustrationen glitten und sie fröhlich die Handlung verfolgte – auch wenn sie die Sexualisierung der weiblichen Hauptfigur ein wenig leid war.

„Ich meine...komm schon. Muss jede Frau in Comics eine Taille von fünfzig Zentimetern und solche Brüste haben?", spottete Gwen und blickte den Kater an, der sich faul auf der Fensterbank sonnte. „Wissen die nicht, dass Frauen knallharte Kriegerinnen sein können, die es in allen Formen und Größen gibt?"

Macgregor, ihr übergroßer getigerter Kater, blinzelte sie bei ihren Worten mit einem Auge an. Da er keine Aussicht auf Futter hatte, streckte er sich aus und schlief wieder ein.

„Ja, ja, ich weiß. Sex sells." Gwen winkte dem Kater zu und machte sich daran, den Comic zu Ende zu lesen. Sie fühlte sich in ihrem Körper wohl, der ihrer Meinung nach nicht den geringsten Sexappeal besaß. Sie hatte sich immer wie eine Kartoffel gesehen, pummelig und kurvig und rund. So unglaublich rund. Mit ihrer roten Lockenpracht, die sie meist zu einem lockeren Knoten auf dem Kopf zusammenband, ihren arglosen blauen Augen und ihrer Porzellanhaut, die jede ihrer Emotionen mit einem leichten Erröten verriet, hatte Gwen schon vor langer Zeit aufgehört, sich Gedanken darüber zu machen, ob sie sexy war. Es war viel einfacher, ein heiteres Leben zu führen und in ihren Träumen zu leben, als sich immer wieder in Szene zu setzen und von den Männern ihres winzigen Dorfes als unzureichend erachtet zu werden.

„Trotzdem eine gute Geschichte. Ich würde ihr sieben von zehn Punkten geben", entschied Gwen. Sie steckte den Comic wieder in einen durchsichtigen Plastikumschlag, um die Seiten zu schützen, und legte ihn in ihre Mappe mit den diesjährigen Ausgaben der Serie. Sie war immer optimistisch, was den Wert von Comics anging, und verkündete allen, die es hören wollten, dass sie sie eines Tages für Tausende verkaufen könnte. Na ja, vielleicht Hunderte, dachte sie mit einem Schniefen. Jedenfalls hielt es die Leute davon ab, ein zu hartes Urteil über ihre Sammlung zu fällen.

„Nun, Mac, was steht heute auf dem Programm? Wollen wir bald zumachen? Es läuft ein bisschen schleppend, obwohl wir endlich etwas von dem Sonnenschein abbekommen, den sie uns versprochen haben", sagte Gwen, während sie in ihrem Laden herumwuselte, dies und jenes in Ordnung brachte und dabei die ersten Takte von Celine Dions „My Heart Will Go On" summte.

Gwen hatte stets gute Laune und war immer optimistisch gestimmt. Ehrlich gesagt, konnte sie sich nicht viel mehr vom Leben wünschen – sie liebte ihren Laden, ihre Familie und sogar das kleine Dorf, das sie ihr Zuhause nannte. Es gab nichts, was ihr fehlte; ihre grundlegenden Bedürfnisse waren erfüllt und sie konnte einen Laden führen, in dem sie jeden Tag von den Dingen umgeben war, die sie liebte.

Manche würden darauf hinweisen, dass die Romantik fehlte, aber Gwen hatte diesen Aspekt ihres Lebens schon vor Jahren aufgegeben. Weniger Drama, dachte sie. Und sobald sie den Sex aus der Gleichung herausgenommen hatte – nicht, dass sie etwas darüber wüsste –, hatte sie viele wunderbare männliche Freunde in ihrem Leben gehabt. Ja, ihre Bedürfnisse wurden befriedigt, und sie konnte sich kaum über irgendetwas beschweren. In den meisten Fällen schienen Sex und Romantik nichts als Herzschmerz und Stress zu verursachen, und sie hatte schon einigen Freunden aufmunternd auf die Schulter klopfen müssen, die gerade eine Trennung durchmachten. Das Leben wäre so viel einfacher, wenn die Leute aufhören würden, sich so viele Gedanken über Sex zu machen, dachte Gwen und beäugte einen Ständer mit Dankeskarten, die neu angeordnet werden mussten. Nach etwa fünfzehn Minuten hatte Gwen die alten Karten sortiert und neue hinzugefügt und trat zurück, um ihr Werk zu bewundern. Mit einem Blick auf die Uhr entschied sie, dass es Zeit war, für heute Feierabend zu machen.

Montags war im Allgemeinen wenig los im Dorf, und erst recht nicht in einem Trödelladen. Wahrscheinlich sollte sie das Geschäft an ruhigeren Tagen einfach schließen, aber Gwen genoss es so sehr, von den Dingen umgeben zu sein, die sie liebte, dass sie sich nicht überwinden konnte, lange wegzubleiben. Was sollte sie auch sonst tun? Sie verbrachte ihre Freizeit damit, mit Freunden ein Bierchen zu trinken oder Nachbarn in Not zu helfen und auf ihre Kinder aufzupassen – kein Grund, nicht zu einer ehrlichen Arbeit zu erscheinen.

Aber sich früh aus dem Staub zu machen, hatte auch seine Vorteile – nämlich, dass sich ihre Oma keine Gedanken darüber machte, wo sie war, und dass sie mit einem kleinen Geheimnis experimentieren konnte, das sie kürzlich entdeckt hatte. Gwen schlug die Hände vor die Brust und hätte fast vor Freude gequietscht, aber sie wollte Macgregor nicht erschrecken. Sie wagte es noch nicht einmal, die Worte laut auszusprechen. Sie konnte nicht riskieren, dass es jemand mitbekam, oder dass es ihr genommen werden könnte.

Aber ... sie könnte – Gwen unterdrückte ein Kichern bei dem Gedanken – sie könnte tatsächlich magische Kräfte haben. Wie eine Comic-Heldin, nur im echten Leben! Sie hielt inne, hob ihre Hand in die Luft und stellte sich stolz hin – wie Katniss aus den Tributen von Panem. Oh ja, in der Tat, dachte Gwen – diese Sache mit den magischen Kräften könnte genau ihr Ding sein.

„Zeit zum Üben", sagte Gwen, ging zum hinteren Teil des Ladens und öffnete die kleine Katzenklappe, die eigentlich nur ein Loch mit einem Türchen und einem Riegel war, durch die Macgregor in ihre Wohnung über dem Laden gelangen konnte. Obwohl sie nun schon ein paar Jahre dort lebte und fröhlich in ihrer kleinen Wohnung herumwuselte, schaute Gwen noch immer fast jeden Tag nach der Arbeit bei ihrer Großmutter vorbei oder aß mit ihr zu Abend. Familie war Familie, und sie liebte ihre kleine Familie, die aus ihrer Oma mit ihrem Hund Chauncy bestand, sehr.

Sie würde auf jeden Fall vorbeischauen und ihrer Großmutter etwas von dem Kräuterlikör bringen, den sie so
gerne mochte, beschloss Gwen und fühlte sich ein wenig
schuldig, als sie das Licht ausschaltete und das zusätzliche
Geld aus der Kasse einschloss. Es war tatsächlich das erste
Geheimnis, das sie vor ihrer Großmutter verbarg, und sie
war nicht glücklich darüber. Aber solange sie selbst nicht
verstand, was sie entdeckt hatte, war es das Beste, wenn sie
schwieg.

Außerdem war sie noch nicht bereit, es mit jemandem
zu teilen. Zum ersten Mal in ihrem äußerst behüteten
Leben war Gwen alles andere als eine gewöhnliche Frau.

Und dieses Gefühl war es sicher wert, noch eine Weile
länger genossen zu werden.

4

Loch richtete sich auf und lehnte sich gegen die Wand einer Apotheke, die sich gegenüber dem Laden seiner Sucherin befand. ‚Dies & Das‘ stand in goldenen Lettern auf dem Schaufenster, und Loch verzog spöttisch das Gesicht. Wie sollte jemand wissen, was dort verkauft wurde, wenn der Name des Ladens nicht klar war? Dies & Das konnte alles Mögliche sein – bei einem Supermarkt oder einer Drogerie wusste man wenigstens, was drin war.

Die Leute machten einen Bogen um Loch, da sie spürten, dass ihnen etwas im Weg war, obwohl sie ihn wegen eines Tarnzaubers, den er angewandt hatte, nicht sehen konnten. Er wurde langsam ungeduldiger, während er darauf wartete, dass die Sucherin auftauchte. Da er es nicht gewohnt war zu warten, wäre Loch fast über die Straße gesprungen und hätte sie aus ihrem Laden gezerrt, aber er zwang sich, zurückzubleiben und zu beobachten. Am besten, er ließ seine Tarnung nicht auffliegen, dachte er, bis er die Lage besser einschätzen konnte und wusste, womit genau er es zu tun hatte.

Es war kein besonders kluges Individuum, dachte Loch und schniefte. Dies & Das. Was für ein Name.

Loch sah, wie sich die Tür endlich öffnete, was er schon erwartet hatte, nachdem er gesehen hatte, wie das Licht ausging. Zurückhaltung gehörte nicht zu seinen Stärken, aber er zwang sich, nicht zu reagieren, als er sah, wie die Frau aus ihrem Laden trat und sich noch einmal umsah, bevor sie sich der Tür zuwandte, um abzuschließen.

Warum zog sie sich an, als würde sie ihren Körper hassen, fragte sich Loch. Die Frauen in seinem Feendorf waren stolz darauf, wunderschöne Kleidung zu tragen, sie hüllten sich in Seide und Leinen und reichlich funkelnden Schmuck – Feen hatten eine Schwäche für glitzernde Sachen. Es wurde als Affront gegen die eigene Schönheit betrachtet, sich so zu kleiden, als würde man seine Figur nicht mögen.

Und, oh, wie wohlgeformt diese Frau doch war, dachte Loch – zumindest nach dem zu urteilen, was er trotz ihrer schlabberigen Kleidung erkennen konnte. Eine lockere Cargohose steckte in Gummistiefeln und spannte sich über einen kurvigen Hintern, als sie sich bückte, um die Tür zu verriegeln, und als sie sich umdrehte, hing ihr eine übergroße cremefarbene Wolljacke fast bis zu den Knien. Darunter verbarg ein weites T-Shirt mit der Aufschrift „Die Macht ist stark mit dieser Frau" ihre üppigen Brüste. Rotes Haar – sirenenrot, dachte Loch, so fest hochgesteckt, dass es ihn juckte, die Nadeln herauszuziehen und zu sehen, wie es herunterfiel. Strahlend blaue Augen vervollständigten die insgesamt ungepflegte Erscheinung.

Aber dieser Mund, dachte Loch und konnte seinen Blick nicht von diesem Amorbogen eines Mundes abwenden, der wie eine ungepflückte Rose aussah, und sich prall und einladend von ihrer Porzellanhaut abhob. Es war ein Mund, der dazu bestimmt war, gekostet zu werden, geküsst, bis er anschwoll, um ihn dann noch einmal zu schmecken. Loch war von der Lust, die in seiner Brust anschwoll, überrascht. Er war es gewohnt, in seiner Welt äußerst begehrt zu sein, und hatte schon zahlreiche schöne Geliebte gehabt – von schüchternen, die leicht rot wurden bis hin zu erfahrenen Kurtisanen. Diese Frau hatte nichts Gebieterisches oder Eindrucksvolles an sich – es war eher so, als wolle sie in der Menge untertauchen.

Es kam nicht oft vor, dass ihn jemand verwirrte, vor allem, wenn es sich um einen Menschen handelte. Loch mochte das Gefühl nicht. Er war es gewohnt, eine Person schnell einschätzen und eine Situation sofort verstehen zu können. Die Reaktion seines Körpers auf diese Frau war alles andere als erwartungsgemäß. Hatte Danu ihn auf irgendeine Weise verzaubert, damit er sich zu dieser Sucherin hingezogen fühlte?

In seine Gedanken versunken, hätte er fast übersehen, wie die Sucherin plötzlich in eine Gasse einbog und schnell aus dem geschäftigen Treiben auf der Hauptstraße des kleinen Dorfes verschwand. Fasziniert überquerte Loch die Straße und ging die Gasse entlang. Obwohl er sie nicht sehen konnte, war es, als könne er sie vor seinem geistigen Auge verfolgen. Das war eine wohlbekannte Gabe der Beschützer, über die in der Feenwelt oft gesprochen wurde, und etwas, das er noch nicht erlebt hatte. Aber jetzt? Er schien irgendwie mit dieser Frau verbunden zu sein, denn er konnte ihr folgen, als hätte sie ihm lange im Voraus genaue Anweisungen gegeben.

Sowohl die Sucherin als auch ihr Beschützer machten sich vorsichtig auf den Weg vom Dorf zum Wasser und folgten einem schmalen, gewundenen Pfad, der schließlich zu einer kleinen, geschützten Bucht führte, die vom Hauptanlegeplatz des Dorfes aus nicht sichtbar war. Loch musste sich fragen, warum sie an diesen Ort ging – obwohl er wirklich schön war.

Es dauerte nur wenige Augenblicke, bis Loch zu fluchen begann.

5

„So, dann sehen wir mal, ob ich verstanden habe, wie das funktioniert", murmelte Gwen und blieb kurz vor dem Wasser stehen. Dieser kleine Strand war einer ihrer Lieblingsstrände. Nur die Einheimischen kannten ihn und er war nicht viel länger als ihr Laden breit war. Da er von allen Seiten von Land umgeben war, das sich weit über ihren Kopf erhob, hatte sie absolute Privatsphäre, es sei denn, ein Boot fuhr vorbei. Wenn jemand den Weg hinunterkam, hörte man, wie er sich durch die Büsche schlug, lange bevor man von der Person gesehen werden konnte.

Gwen schaltete ihr Gehirn aus und begann mit dem zu arbeiten, was sie über den Einsatz magischer Kräfte gelesen hatte – im Wesentlichen ging es eine Mischung aus Visualisierung und dem Hervorrufen des Gefühls, das dem Ergebnis ihrer Wünsche entsprach. Und ihr Wunsch war es, das Wasser, das sanft über die Kieselsteine zu ihren Füßen plätscherte, in Eis zu verwandeln.

Oh, sie war so aufgeregt gewesen, als es zum ersten Mal passierte. Sie hatte das Glas, das sie in der Hand hielt, fast fallen lassen, so erschrocken wie sie war, und hatte es gerade noch auffangen können, bevor es ihr völlig aus der Hand glitt. Es war einer dieser selten warmen Frühlingstage gewesen – äußerst ungewöhnlich für Irland – und sie hatte schwitzend in ihrem Laden gesessen. Nachdem sie ihre Strickjacke ausgezogen hatte, schaute sie auf ihr Glas Wasser und sagte etwas in der Art von ‚Wenn wir in den USA wären, hätte ich eine Eismaschine für meine Getränke.' Sie kannte die Vorliebe der Amerikaner für Eis, und der Gedanke war ihr gerade in den Sinn gekommen.

Womit sie nicht gerechnet hatte, war, dass auch in ihrem Getränk plötzlich Eis auftauchen würde.

Es war einer dieser lebensverändernden Momente, von denen sie in Romanen gelesen hatte und nach denen nichts mehr so sein würde wie vorher, dachte Gwen. Sie kreischte auf, woraufhin Macgregor quer durch den Laden schlitterte. dann hob sie den dicken Kater auf und tanzte mit ihm herum, bevor sie ihn wieder absetzte, um erneut zu versuchen, Eis zu machen.

Sie war nicht gerade stolz darauf, wie lange sie brauchte, um ihre Fähigkeit zu verfeinern, aber nach ein paar Missgeschicken und einem bedauerlichen Rohrbruch hatte sie gelernt, die Magie im Freien anzuwenden und privat zu üben.

Sie war immer noch jedes Mal begeistert, wenn das Wasser vor ihren Augen erstarrte, so wie jetzt. Wo einst das Wasser die Kieselsteine zu ihren Füßen sanft umschmeichelt hatte, umgab sie nun eine dünne Eisschicht, die glatt und klar war und auf den ersten Blick wie Glas aussah. Gwen klatschte vor Freude in die Hände und betrachtete die Schönheit dessen, was sie geschaffen hatte.

Sie hatte es geschafft, dachte Gwen, während sie ihre Hände vor der Brust verschränkte und vor Freude umhertanzte. Sie, Gwen Donovan, hatte magische Kräfte, genau wie die Kriegerinnen in ihren Comics! Wenn sie jetzt nur noch herausfinden könnte, wofür sie ihre Kräfte am besten einsetzen konnte.

Als ihre Augen denen eines anderen begegneten, quietschte Gwen auf. Das war das einzige Geräusch, zu dem sie in der Lage war, angesichts des Mannes, der silbern zu schimmern schien, während er lautlos aus dem Gebüsch kam, von wo aus er sie beobachtet hatte. Seine Augen huschten nach links und rechts, verfolgten jede ihrer Bewegungen, und Gwen erkannte sofort, dass er eine Gefahr darstellte, und zwar eine gewaltige.

„Ähm, hallo erstmal. Ich habe Sie gar nicht gesehen", sagte Gwen, lächelte und beschloss, eine fröhliche, unbekümmerte Miene aufzusetzen, obwohl ihre Hand nach dem kleinen Messer tastete, das sie in ihrer Tasche verstaut hatte.

Der Mann sagte nichts, aber das war auch nicht nötig. Sein Grinsen sagte alles.

Gwen schrie auf und zog das Messer aus ihrer Tasche, als er sich auf sie stürzte, aber sie wusste bereits, dass sie nicht schnell genug sein würde. Sie würde scheitern, aus eigenem Verschulden, wie die Person, die in einem Gruselfilm die Treppe hinaufläuft, anstatt zur Haustür hinaus. Sie hatte sich selbst in die Enge getrieben und nicht einmal für Schutz gesorgt. Es war ihre eigene verdammte Schuld, wenn sie heute starb, dachte Gwen und zuckte zusammen, als der Mann mitten in seiner Bewegung zu erstarren schien, sich seine Augen weiteten und sein Mund sich zu einem stummen Schrei öffnete.

Erschrocken blickte Gwen an die Stelle herab, wo ein eiserner Dorn aus der Brust des Mannes ragte und eine silbrige Flüssigkeit aus den Rändern der Wunde lief. In Sekundenschnelle löste sich der Mann zu ihren Füßen in eine silberne Pfütze auf, wo sich das Blut mit dem inzwischen aufgetauten Wasser vermischte. *War* es Blut? Gwen war verwirrt und ließ ihren Blick von der schwindenden Pfütze über ein Paar nachtschwarze Stiefel zu muskulösen Beinen, die in das schwärzeste Leder gekleidet waren, weiter hinauf zu einer muskulösen Brust, zu Schultern, die fast doppelt so breit waren wie ihre, und schließlich zu einem kantig geschnittenen Gesicht, das sie angewidert anstarrte, schweifen.

Oh, ein Superheld, dachte Gwen, und ihr Atem verließ beinahe ihren Körper, als sie in goldene Augen blickte – fast gelbbraun wie die eines Tigers – und das dunkle Haar sah, das ihre Finger am liebsten gleich berührt hätten. Ein echter Superheld, und er war hier, um sie zu retten.

„Danke", sagte Gwen, schluckte gegen eine trockene Kehle an und lächelte zu dem Fremden mit der finsteren Miene auf. „Ich bin mir nicht ganz sicher, was das sollte, aber da ich sicher bin, dass er mir Schaden zufügen wollte, schulde ich Ihnen für Ihre Hilfe meine Dankbarkeit. Ich weiß das sehr zu schätzen." Sie überlegte kurz, ob sie einen Knicks machen sollte, aber das schien ihr zu viel des Guten.

„Du schuldest mir deine Dankbarkeit? Du hast keine Ahnung, was du mir schuldest. Du dumme Nuss hättest unsere Existenz gefährden können! Warum rennst du hier herum und probierst deine Magie in der freien Natur aus? Ungeschützt? Auf diese Weise bist du leichte Beute für die Domnua! Hast du deinen verdammten Verstand verloren?

Natürlich geben sie mir die Wahnsinnige", murmelte der Superheld, während er herumlief und ihr böse Blicke zuwarf, die wie Blitze unter seinen dunklen Augenbrauen funkelten.

Hatte er sie gerade wahnsinnig genannt? Gwen spürte, wie sich ihr irischer Stolz bei seinen Worten ein wenig regte.

„Entschuldigen Sie – Sie kennen mich nicht einmal, also können Sie noch nicht entscheiden, ob ich wahnsinnig bin oder nicht. Aber ich sage Ihnen, dass ich nicht weiß, was ein Domnua ist, und ich bin mir sicher, dass ich nichts getan habe, um Aufmerksamkeit auf mich zu lenken. Sie können sich also mal beruhigen und diese ganze Nummer mit dem harten Kerl bleiben lassen", schnauzte Gwen ihn an und stemmte die Hände in die Hüften.

„Lochlain – aber du kannst mich Loch nennen", sagte der Mann. Vor lauter Wut riss er sich fast die Haare aus, als er mit den Händen durch sie fuhr. Was sollte er nur mit diesem Dummerchen von einem Mädchen machen? „Dies & Das? Was ist das bitte für ein Name für einen Laden? Es ergibt keinen Sinn. Genauso wenig wie die Tatsache, dass du in aller Öffentlichkeit mit deiner Magie herumexperimentierst. Ich verbiete dir, das noch einmal zu tun, es sei denn, du willst, dass es dich nicht mehr gibt."

„Es ist ein verdammt guter Name für einen Laden, der alles führt", schrie Gwen Loch praktisch an. Wie konnte er es wagen, ihren Laden zu beleidigen – die Sache auf der Welt, die ihr am liebsten war? Und ich werde meine Magie so ausüben, wie es mir verdammt noch mal passt, du anmaßender Tyrann!" Mit diesen Worten konzentrierte Gwen all ihre noch unerprobte Kraft in ihrem Inneren und ließ einen wütenden Schwall aus Eis auf ihn niederprasseln. Sie keuchte auf, als er von Kopf bis Fuß davon eingehüllt wurde und er an Ort und Stelle erstarrte, mit Eiskristallen, die sich auf seinen Augenbrauen bildeten. Geschockt, überwältigt und von einem seltsamen Schwindelgefühl erfasst, musste Gwen halb kreischen und halb lachen, als am gefrorenen Superhelden vorbeiging und den Hügel hinauflief, wobei sie es ihm selbst überließ, sich aus seiner misslichen Lage zu befreien.

Und sie war sich sicher, dass er es schaffen würde – Männer wie er schafften das immer. Ihr Herz pochte in ihrer Brust und Gwen machte nicht Halt, bis sie sich in ihrer Wohnung verbarrikadiert hatte, wo sie jedes Detail ihrer ersten Begegnung mit einem Superhelden noch einmal genüsslich durchleben konnte.

Ihr Leben entpuppte sich als weitaus aufregender, als sie es je erwartet hätte.

6

War da etwa jemand, der lachte? Loch wischte sich das Wasser aus dem Gesicht und schaute sich um, um den Übeltäter zu finden: einen seiner Brüder, einen großen, drahtigen Mann mit rotem Haarschopf und grauer Lederjacke, der fast über die Klippe fiel, während sein Körper vor Lachen bebte.

„Haha, Kumpel, ich bin froh, dass ich hier war, um das zu sehen." Der Mann wischte sich die Tränen aus den Augen und Loch spürte, wie sich seine Lippen zu einem Fletschen verzogen.

„Und warum genau bist du hier?", fragte Loch den Feenmann in ruhigem Ton, obwohl er im Stillen über alle Möglichkeiten nachdachte, wie er den Mann umbringen könnte.

„Richtig, richtig, was das angeht – mein Name ist Seamus", sagte der Rothaarige, hüpfte den Hügel hinunter und landete locker auf seinen Füßen, bevor er die Hand ausstreckte. „Ich und meine bessere Hälfte sind hier, um dich bei deiner Mission zu unterstützen."

Loch beäugte die Hand vor ihm mit Verachtung, aber die guten Manieren, die ihm seine Mutter beigebracht hatte, gewannen die Oberhand, und er ergriff sie schnell, bevor er sie wieder fallen ließ.

„Lochlain."

„Ja, natürlich. Ich weiß, wer du bist. Es ist mir ein Vergnügen, dich kennenzulernen, wirklich." Seamus strahlte ihn an. „Ich habe schon viele Geschichten über deine großartigen magischen Fähigkeiten gehört, und über dein Können auf dem Schlachtfeld. Ich habe mich schon gefragt, ob der nächste Beschützer mächtiger sein wird. Es scheint mir, als ob die Domnua die Lage verschärfen – der Druck steigt, sozusagen. Deine Fähigkeiten und Kräfte werden uns wertvolle Dienste erweisen, soviel steht fest."

„Ich werde meine Kräfte nicht für diese dämliche Mission einsetzen. Es ist unter meiner Würde, nichts als eine Bestrafung", sagte Loch mit zusammengebissenen Zähnen und ballte die Fäuste an seinen Seiten, während er darüber nachdachte, wozu die Göttin ihn zwang. Im Moment wäre ihm der Tod lieber, als sich mit dieser flatterhaften, kichernden, aufbrausenden... verkommenen Frau herumzuschlagen, die danach schrie, von ihm ausgezogen zu werden. Loch schüttelte sich und konzentrierte sich wieder darauf, seine Mission zu hassen, anstatt sich dem unerwarteten Charme von Miss Gwenith hinzugeben. Es wäre nicht gut, wenn er sich ablenken ließe, denn wenn er das täte, würden sie oder andere in ihrer Nähe wahrscheinlich getötet werden.

„Selbstredend kann ich verstehen, dass dies ein wenig außerhalb deines üblichen Betätigungsfeldes zu liegen scheint, aber du kannst nicht wirklich behaupten, dass die

Rettung des gesamten Volkes der Danula und der menschlichen Rasse, indem du die Domnua in die Unterwelt verbannt hältst, eine Aufgabe ist, die einer beliebigen Person anvertraut wird, oder?", fragte Seamus, wippte auf seinen Fersen zurück und verschränkte mit einem frechen Grinsen die Arme vor der Brust. „Ich würde sagen, es ist eine Ehre."

„Ich habe nicht danach gefragt, was du sagen würdest." Loch warf ihm einen bösen Blick zu und sprach dann einen kurzen Zauber, um sich von den Überresten des Eissturms zu befreien, den Gwen auf ihn losgelassen hatte. Jemand musste mal ein ernstes Wörtchen mit diesem Mädchen sprechen, und es sah so aus, als würde er das sein. Er fluchte noch einmal und wandte sich zum Gehen.

„Hey, wo willst du hin?"

„Es scheint, als müsste ich dieser Sucherin mal eine Lektion erteilen", knurrte Loch und verdrehte dann fast die Augen, als Seamus neben ihn trat, wie ein Welpe, der einem größeren Hund folgt und spielen will.

„Darf ich vorschlagen, dass du deine innere Einstellung überdenkst?", sagte Seamus, und Loch blieb so schnell stehen, dass Seamus ein paar Schritte voraus war, bevor er merkte, dass Loch nicht mehr weiterging.

„Es tut mir leid, aber ich muss dich falsch verstanden habe", sagte Loch mit todernstem Tonfall. Seine Augen blitzten Seamus warnend an.

„Ich habe gefragt, ob ich vorschlagen darf, dass du deine Einstellung überdenkst. Diese ganze Harter-Kerl-Nummer ist toll für den Kampf, aber am Ende wird es Gwen einschüchtern, ganz zu schweigen davon, dass es nervig sein wird, mit dir bei dieser Aufgabe zusammenzuarbeiten. Es wäre für alle einfacher, wenn du dich ein wenig beruhigen würdest und dich bemühst, mit uns im Team zu arbeiten – wir sitzen schließlich alle im selben Boot", sagte Seamus, wobei er Lochs Augen nicht aus den Augen ließ. Er zuckte kaum mit der Wimper, als Loch ihn vom Boden hochhob und eine Hand fest um seinen Hals legte.

„Niemand spricht so mit mir", sagte Loch, wobei er jedes Wort sorgfältig aussprach, damit der Einfaltspinsel verstand, wie sehr er seine Grenzen überschritten hatte.

„Und du hast nicht das Recht, unsere Welt ins Verhängnis zu stürzen, nur um dein verdammtes Ego zu befriedigen", sagte Seamus, während sich seine Wangen leicht rot färbten.

Loch wusste, dass der Mann nach Luft rang. Fluchend stellte er Seamus auf die Beine und drehte sich um, um auf das Wasser hinauszustarren. Sein Blick war undurchdringlich wie die glatte Wasseroberfläche. Doch unter der ruhigen Fassade brodelte die Wut.

Es war zum Haare raufen, aber der Mann hatte recht. Und es gab nichts, was Loch mehr hasste, als zuzugeben, dass jemand anderes Recht hatte.

„Nun gut", sagte Loch und wandte sich an Seamus, der ihn beobachtete. „Ich werde an meiner Darbietung arbeiten. Ist das besser?"

„Du bist immer noch verdammt furchteinflößend, aber ja, es ist ein bisschen weniger gruselig, wenn du dich etwas zurücknimmst. Jetzt gehen wir am besten zu meiner reizenden Frau und verbringen ein wenig Zeit damit, dich über das auf den neuesten Stand zu bringen, was bereits passiert ist, bevor du wieder losziehst und Gwen zu Tode erschreckst."

„Sie schien keine große Angst vor mir zu haben", sagte Loch, als er und Seamus den Hügel hinaufstiegen.

„Das ist es, was ich an ihr mag – und an Bianca. Ich liebe Frauen mit Temperament", sagte Seamus, dessen Stimme wieder fröhlich war. Loch musste bewundern, dass der Mann seinen kleinen Temperamentsausbruch gelassen hingenommen und nicht einmal mit der Wimper gezuckt hatte, als er ihn fast zu Tode gewürgt hatte. Vielleicht würde er auf dieser Reise eine Bereicherung sein.

„Frauen bringen nichts als Ärger", sagte Loch.

„Die beste Art von Ärger, mein Freund, nur die beste Art."

7

Gwen hüpfte durch den Raum und Macgregor lief davon, während sie sich die Hände vors Gesicht schlug und versuchte, das hysterische Kichern zu unterdrücken, das sie zu übermannen drohte.

„Oh, aber Macgregor – wenn du ihn nur gesehen hättest!" Gwen tätschelte sich die Wangen, die vor Aufregung glühten. „Er war wie jeder Superheld, von dem ich je gelesen habe. Oder sogar noch mehr als das – ich schwöre, in einem Comic wären wir nicht einmal sicher, ob er der Gute oder der Böse ist. Wäre er zuerst auf mich losgegangen und nicht auf den silbernen, na ja, verdammt, ich hätte ihn für den Bösen gehalten."

Gwen wirbelte durch den Raum, fast manisch vor Entzücken. Sie hatte nicht nur magische Kräfte, sondern war auch anderen mit solchen Kräften begegnet. Zugegeben, einer von ihnen hatte versucht, sie zu töten, aber das war nur ein kleines Detail. Jeder wusste, dass das Ausüben von Macht auch seine Schattenseiten hatte.

„Aus großer Kraft folgt große Verantwortung", zitierte

Gwen Spiderman gegenüber Macgregor, der sich gerade auf den Rücken rollte und zu ihr aufschaute.

„Ich sage dir, Mac, er war umwerfend, wirklich umwerfend. Die Art von Mann, von der Frauen träumen", sagte Gwen. Mac drehte sich wieder und legte den Kopf schief, als ob er tatsächlich zuhören würde.

Gwen zog ihre Strickjacke aus und tanzte durch das Wohnzimmer ihrer kleinen Zweizimmerwohnung. Wobei das „Schlafzimmer" seinen Namen kaum verdiente, dachte Gwen, als sie die Strickjacke auf ihr Doppelbett warf, das fast den gesamten Raum einnahm. Ein Einzelbett wäre sinnvoller gewesen, aber sie liebte es, sich auszustrecken und sich in ihre Kissen zu kuscheln. Es gab nichts, was sie mehr liebte, als sich an einem verregneten Abend mit einem Lieblingsbuch einzukuscheln. Nein, ihr Schlafzimmer war ein Zufluchtsort für sie, und es war richtig gewesen, das Doppelbett zu kaufen.

Gwen summte vor sich hin, als sie ihre Strickjacke wieder in den winzigen Schrank in der Ecke des Zimmers hängte und schnell ihr Star-Wars-T-Shirt gegen ein langärmeliges Wonder-Woman-T-Shirt austauschte. Singend huschte sie durch ihre Wohnung, während Macgregor zwei Schritte hinter ihr auf seinen nächtlichen Snack wartete.

„Oh, Mac, ich schwöre, das war einfach der beste Tag. Ich bin fast in Ohnmacht gefallen, als ich Loch sah. Ich meine, er hat mir das Leben gerettet und sieht auch noch sündhaft gut aus? Da ist es schwer, kein Herzflattern zu bekommen." Gwen lachte über sich selbst. „Aber ehrlich gesagt, Männer wie er schauen Mädchen wie mich nie zweimal an. Und das ist auch gut so, oder? Denn wir beide wissen, dass er nichts als Ärger bedeutet. Und damit meine ich: richtig Ärger!"

Macgregor miaute sie an, als würde er ihr zustimmen, und Gwen kicherte, ging zu ihrer winzigen Küchenzeile und holte eine Dose mit seinem Lieblingsnassfutter heraus. Während er um ihre Beine schlich und sich nach seinem Snack sehnte, plauderte Gwen über ihre erstaunliche Erfahrung mit Loch und wie sie ihre Kraft auf eine Weise eingesetzt hatte, von deren Möglichkeit sie nichts geahnt hatte.

Sie hielt inne. Er hatte sie dumm genannt, was irritierend war – und er hatte ihren Laden beleidigt. Wenn sie ihm jemals wieder begegnete, war sie sicher, dass er es sich zweimal überlegen würde, bevor er denselben Fehler nochmals machte. Gwen lachte und erinnerte sich an sein überraschtes Gesicht, als sie ihn mit Eis überzogen hatte. Es war nichts weiter als eine instinktive Reaktion gewesen – aber er hatte es verdient, der Blödmann. Jemand musste Männern wie ihm eine Lektion erteilen. Es war das Beste, wenn er lernte, dass er nicht einfach sagen konnte, was er wollte und wann er wollte.

„Ich sage dir, Mac, das ist wie ein Comic, nur im echten Leben. Ich würde sagen, wie ein Märchen, aber es gibt hier keine Romantik." Gwen kicherte erneut. Es war seltsam beruhigend zu wissen, dass ein Mann wie Loch niemals hinter ihr her sein würde. Sie war nicht nur überzeugt, dass er nicht auf Frauen wie sie stand, sondern sie wusste auch, dass sie nicht wüsste, was sie tun sollte, wenn ein solcher Mann ein Auge auf sie werfen würde.

„Aber es macht Spaß, ihn anzuschauen", sagte Gwen und warf Mac einen Kuss zu, ehe sie abschloss, um zum Abendessen bei ihrer Großmutter zu gehen. Es war nichts

Falsches daran, einen gut gebauten Mann anzuschauen – oder ihn sogar wertzuschätzen –, solange sie sich nicht mehr davon erwartete.

Gwen hatte vor langer Zeit gelernt, dass Erwartungen der Tod von Träumen sind.

Und sie würde niemals aufhören zu träumen.

Das kleine Dorf vibrierte vor Energie und Licht, selbst an einem Montag, und das war einer der Gründe, warum es Gwen so schwerfiel, diesen Ort zu verlassen. Und wozu auch? Sie hatte alles, was sie brauchte, direkt in dieser kleinen Stadt, und Nächte wie diese zeigten, warum es so ein toller Ort zum Leben war.

Sie winkte den Leuten zu, als sie die Straße hinaufging. Ihr Kopf hing in den Wolken und ihr Lächeln kam automatisch für diejenigen, die sie mit Namen ansprachen.

Vor dem kleinen Buchladen hielt sie inne und steckte den Kopf hinein.

„Gibt es etwas Neues, Agnes?", rief Gwen.

„Die Lieferung kommt morgen, Gwennie. Ich sage dir Bescheid, wenn ich etwas Gutes für dich habe." Agnes winkte von hinten, ohne das Buch, das sie vor sich hielt, aus der Hand zu legen.

„Danke, Liebes", rief Gwen zurück und beschloss, einen Abstecher in die Bäckerei zu machen, um zu sehen, ob es dort noch die Baguettes gab, die ihre Oma so gerne hatte. Im Handumdrehen war Gwen aus dem Laden und auf dem Weg. Pfeifend, die Arme voller Brot und Kekse, die sie unwiderstehlich fand, hielt Gwen auf der Spitze des Hügels an, um sich umzudrehen und ihr Dorf zu bewundern. Die Sonne ging gerade unter und ihre Strahlen legten einen goldenen Balsam auf die Häuser und Geschäfte, die sich an den Hang am Wasser schmiegten. Lichter schienen aus den Häusern, in denen Mütter ihre Kinder aufforderten, sich vor dem Abendessen zu waschen, und die ersten Takte einer Musiksession klangen durch die offene Tür eines Pubs.

Ja, es war ein guter Ort zum Leben. Das Stadtleben war nichts für sie; das hatte sie ziemlich schnell realisiert, nachdem sie es ein Jahr lang an der Uni in Dublin versucht hatte. Die Hektik, der Sarkasmus, das Fehlen von Grünflächen – all das hatte gereicht, um Gwen aus der Ruhe zu bringen. Und sie war nicht jemand, die gerne nervös war. Als sie sich wieder einmal mit ihrer Mitbewohnerin gestritten hatte, hatte sie das Handtuch geworfen und war nach Hause gekommen. Gwen hasste das Streiten genauso sehr, wie sie den Beton-Dschungel von Dublin hasste. Erst als sie in ihr Dorf zurückkehrte und den kleinen Laden sah, der zum Verkauf stand, wusste sie, was sie mit ihrem Leben anfangen wollte.

Und der Rest ist, wie man so schön sagt, Geschichte.

Zumindest hatte sie das gedacht. Gwen lächelte und ging weiter den Hügel hinauf zum Haus ihrer Oma, das versteckt am Ende einer Straße lag. War das nicht immer der Lauf der Dinge? Sobald man dachte, man hätte alles im Griff, nahm das Leben eine neue Wendung, dachte Gwen, fröhlich wie immer. Es war nicht so, dass sie ihr Leben nicht mochte... aber vielleicht war es ein bisschen stagniert. Deshalb war diese neue Entwicklung auch so reizvoll. Es war, als wäre ihr Leben bereits ein köstliches Gebäck, und herauszufinden, dass sie magische Kräfte besaß, war so, wie Zimtzuckerbutter obendrauf zu geben.

Zufrieden mit ihrer Metapher setzte Gwen ihren Weg zum Haus ihrer Oma fort, den Kopf in den Wolken, ohne die merkwürdige Stille zu bemerken, die die Straße durchdrungen hatte.

Wäre sie aufmerksamer gewesen, hätte sie die drei Männer bemerkt, die an einer Wand in der Gasse lehnten und jede ihrer Bewegungen verfolgten. Stattdessen ging sie einfach an ihnen vorbei und dachte über neue Einsatzmöglichkeiten ihrer Magie nach, als sich plötzlich die Haare in ihrem Nacken aufstellten. Instinktiv duckte sich Gwen und starrte auf das Messer, das dort in der Wand steckte, wo eben noch ihr Kopf gewesen war.

Die Tüte mit dem Gebäck fiel ihr aus den Armen und sie wirbelte umher, während drei der silbernen Männer auf sie zustürmten. Da sie nicht wusste, wo sie hinschauen oder was sie tun sollte, keuchte Gwen auf, als ihr einer eine harte Linke in den Magen schlug. Sie zwang sich, nicht zurückzuweichen – sie wusste, dass dies den Tod bedeuten würde – und atmete tief ein, während sie einen Schritt zurücktaumelte und die Arme vor sich verschränkte.

„Ich schlage vor, ihr haltet euch von mir fern. Ich kann Taekwondo", log Gwen durch die Zähne. Die silbernen Männer umkreisten sie, sagten nichts, ihre Augen folgten jeder ihrer Bewegungen. Als einer auf sie losging, tat Gwen das Einzige, was ihr einfiel.

Sie vereiste ihn.

Gwen quietschte, als er in Tausende von Silbersplittern zerbrach. Es war, als ob ein Stein durch ein Glasfenster segelte, das sich vor ihren Augen auflöste. Sie hatte kaum Zeit zu begreifen, was gerade passiert war, und quietschte erneut, als eine verschwommene Bewegung – diesmal aus schwarzem Leder – aus den beiden anderen Männern silberne Pfützen machte.

„Oh, da bist du ja wieder", sagte Gwen. Ihr Herz schlug ein wenig schneller, als sie ihren Blick die ganze Ledermontur hinauf zu Lochs wütendem Gesicht schweifen ließ, das sie anstarrte.

„Ja, gegen meinen Willen bin ich zurück", sagte Loch.

„Nun, entschuldige, aber ich weiß nicht, wer du eigentlich bist oder was du willst. Niemand zwingt dich, hier zu sein. Du kannst gerne weiterziehen", sagte Gwen und war selbst überrascht, wie unhöflich sie zu ihm war. Hatte ihr der Mann nicht gerade erst das Leben gerettet? Aber es schien, als würde sie in seiner Gegenwart unbeherrscht und wütend sein wollen – was so weit wie nur möglich von Gwens typischem Verhalten entfernt war.

Sie verzog ihr Gesicht zu einem freundlichen Lächeln und erinnerte sich an die gute Erziehung ihrer Großmutter. „Es tut mir leid. Das war unhöflich von mir. Vielen Dank für deine Hilfe. Ich wünsche dir viel Glück auf deiner Reise, wohin auch immer sie dich führen mag. Ich bin sicher, dass ich schon damit fertig werde..." Gwen winkte mit der Hand über die letzten Reste der silbrigen Flüssigkeit, die in die Erde sickerte. „Was auch immer das ist."

Loch trat näher, und seine Nähe zwang sie, einen Schritt zurückzutreten, dann zwei, bis sie mit dem Rücken an die Wand gepresst war, in der das Messer immer noch steckte. Er griff über ihre Schulter und zog das Messer mit Leichtigkeit aus dem Holz, wischte es lässig an seiner Lederhose ab, bevor er es in seinen Hosenbund steckte. Gwen versuchte, nicht hinzusehen, als er sein Hemd anhob, aber sie war auch nur ein Mensch, nicht wahr? Und der Anblick der gebräunten, definierten Bauchmuskeln hätte jede Frau zum Seufzen gebracht.

„Augen hier oben", sagte Loch.

Gwen zuckte verlegen zusammen, weil sie beim Anstarren erwischt worden war. Das Grinsen auf seinem Gesicht reichte aus, um ihr Temperament zu steigern.

„Dann prahle hier nicht so rum und zeige mir deine nackte Haut. Ein Mädchen schaut sich sowas gerne an, weißt du", stotterte sie.

Lochs Gesicht wurde noch rätselhafterer, wenn so etwas überhaupt möglich war.

„Ich prahle nicht herum."

„Da tust du sehr wohl. Ich erkenne eine Angeberei, wenn ich sie sehe – und du gibst an. Aber dein anmaßendes König-der-Welt-Gehabe ist unnötig", stieß Gwen hervor, immer noch an die Wand gepresst, mit ihrem Körper nur wenige Zentimeter von seinem entfernt. War er es, der die ganze Wärme ausstrahlte? Oder war es vielleicht nur das Adrenalin, das sie nach dem jüngsten Angriff dieser... Wesen durchströmte.

„Seamus hat mich hiervor gewarnt", seufzte Loch und strich sich mit der Hand durch die Haare.

„Seamus ist...?"

„Ein Danula, wie ich. Ein guter Feenmann. Und was du da gerade getötet hast, war ein Domnua. Die bösen Feen, wenn du so willst", sagte Loch und schüttelte den Kopf über sie.

Ein Rauschen schien Gwens Ohren zu erfüllen und übertönte den Rest seiner Worte. Alles, was sie hörte, war das Wort „Feen". Wie im Märchen. Die Feen waren real? Sie musste an die Geschichten ihrer Großmutter denken, die erzählt hatte, wie Gwen aufgewachsen war. Nichts als Unsinn, hatte Gwen immer gedacht, aber sie hatte sich damit abgefunden, denn ihr gefielen diese Geschichten. ‚Gwen, die mit Feen tanzt.' Es klang unsinnig, und sie hatte ihre Oma nie zu sehr mit Geschichten über ihre richtigen Eltern bedrängt. Warum sollte sie auch? Offensichtlich war es für ihre Groß-mutter schwierig, darüber zu sprechen, und das Letzte, was Gwen wollte, war, diejenigen zu verletzen, die sie liebte.

Aber jetzt? Das hier? Nun, das war zu viel. Es war an der Zeit, mit ihrer Großmutter über die Geschichte vom ‚Tanz mit den Feen' zu sprechen.

Sie war von sich selbst überrascht, als sie Loch wegstieß – so heftig, dass er einen halben Schritt zurückwich – und dann versuchte, unter seinem Arm durchzuschlüpfen.

„Ich muss gehen."

„Gwen, wir müssen reden."

„Ich bin noch nicht bereit, mit dir zu reden", sagte Gwen und hielt ihre Nase in die Luft. Dann hielt sie kurz inne – er stand plötzlich vor ihr und versperrte ihr den Weg. Er war wie ein Hauch von Luft, so schnell hatte er sich bewegt.

„Du hast in dieser Angelegenheit nichts mitzureden", sagte Loch.

Gwen hob einen Finger und richtete ihn direkt auf sein

Gesicht – so unhöflich, wie sie noch nie gewesen war. „Ich habe ein Mitspracherecht in dieser Sache. Ich gehöre dir nicht, du kontrollierst mich nicht, und du kannst mir nicht sagen, was ich tun soll. Und jetzt geh mir verdammt noch mal aus dem Weg. Ich werde mit dir reden, wenn ich bereit bin, mit dir zu reden", zischte sie und erschrak über sich selbst. Wer war diese Frau? Keiner, der sie kannte, hatte sie je so reden hören – nicht einmal ihre alte Mitbewohnerin in Dublin.

„In Ordnung, Gwen, die mit Feen tanzt", sagte Loch und ein gefährliches Lächeln glitt über sein Gesicht, als er ihren wütenden Gesichtsausdruck sah. „Lass mich wissen, wenn du bereit bist zu tanzen."

Gwen starrte ihn an, als er davonschlenderte, als ob ihn nichts auf der Welt kümmerte.

„Jawohl, das nenne ich Prahlerei", rief Gwen ihm nach.

Der Wind wehte sein raues Lachen zu ihr zurück – dann war er fort und ließ tausend Fragen zurück.

9

G wen schnappte sich die Tüte mit dem Brot – die wie durch ein Wunder noch unversehrt war – und rannte den Rest des Weges die Straße hinauf. Außer Atem stürmte sie durch die Eingangstür des Hauses ihrer Oma, während sich ihre Brust hob und senkte.

„Warum hast du es denn so eilig, meine Liebe? Du bist ja ganz aufgeregt", sagte ihre Großmutter und steckte ihren Kopf aus der Küche im hinteren Teil des kleinen Hauses. Das gemütliche Reihenhaus war wie ein Viereck aufgebaut, mit einem Wohn- und Esszimmer vorne, der Küche hinten und drei kleinen Schlafzimmern und einem Bad im Obergeschoss. Gwen nahm an, dass es nichts Großartiges war, aber es war immer ihr Zuhause gewesen und einer ihrer Lieblingsorte auf der Welt. Sie erinnerte sich gern daran, wie sie als Kind mit den Nachbarskindern durch die Straßen getanzt war und in dem kleinen Garten hinter dem Haus Spiele gespielt hatte.

„Gwen, die mit Feen tanzt. Das ist eine wahre Geschichte, nicht wahr? Nicht nur ein Märchen?", fragte

Gwen. Das Herz in ihrer Brust schien kurz auszusetzen, als sich ein Moment der Stille zwischen ihnen ausbreitete.

Oma sagte einen Moment lang nichts, aber die Wahrheit lag in ihren Augen.

Gwen hob eine Hand, um die Worte aufzuhalten, bevor sie kamen. „Ich kann sehen, dass es die Wahrheit ist", sagte sie und versuchte, die Geschichte zu begreifen.

„Oh, Gwen, es tut mir so leid." Ihre winzige Großmutter stellte sich vor sie hin und ihr kleiner Körper zitterte vor Unbehagen, während sie mit den Fingern am Geschirrtuch nestelte. „Ich hätte es dir sagen sollen – aber wie hätte ich das tun sollen? Selbst ich weiß, dass es verrückt klingt. Und ich wollte dich so gerne behalten – ich habe dich so sehr geliebt."

Plötzlich wurde Gwen klar, dass ihre Oma Angst hatte, dass sie verärgert sein könnte, und riss sich aus ihren Gedanken.

„Soll das dein Ernst sein? Ich finde es wunderbar!" Gwen hakte sich bei ihrer Oma ein und zog sie für ein beschwingtes Tänzchen auf den Flur. Die ältere Frau war nach all den Jahren immer noch leichtfüßig und lachte. „Im Ernst, weißt du nicht, wie aufregend das ist? Ich habe immer gedacht, ich wäre ein bisschen langweilig, aber das bin ich überhaupt nicht! Ich habe Magie!"

Oma lachte, als Gwen sie losließ, aber Gwen sah, wie Tränen in ihren Augen schimmerten.

„Nicht weinen, bitte nicht. Ich bin nicht böse auf dich. Ich habe mir immer gedacht, dass hinter der Geschichte über meine Eltern noch mehr steckte, aber da es für dich scheinbar ein so schmerzhaftes Thema war, habe ich es einfach ausgeblendet. An meiner Liebe zu dir hätte es ohnehin nichts ändern können – und das kann es auch jetzt nicht. Du bist meine Familie und damit hat sich's", sagte Gwen. Sie umarmte ihre Oma, während die Tränen in Rinnsalen über das immer noch hübsche Gesicht der alten Frau liefen.

„Oh, ich habe mir solche Sorgen um diesen Tag gemacht. Ich hätte es wissen müssen, ich hätte es wirklich besser wissen müssen. Du hast eine solche Leichtigkeit in dir – so eine wunderbare Gabe des Optimismus und dafür, das Beste in jedem und jeder Situation zu sehen. Ich hätte wissen müssen, dass du mir das nicht übelnehmen würdest. Aber ich hatte solche Angst, dass ich dich verliere oder dass du mich hassen würdest." Oma ging zurück zum Herd und stand einen Moment da, atmete tief durch und füllte den Kessel mit Wasser. Es war eine altehrwürdige Tradition, Tee zu kochen, in guten wie in schlechten Zeiten, und die Behaglichkeit der Routine schien ihre Großmutter zu beruhigen.

„Ich weiß, dass du mich liebst. Du hast ein reines Herz. Du hättest auf keinen Fall versucht, das vor mir zu verbergen, wenn du nicht Angst gehabt hättest, dass es mich verletzen könnte. Ich kenne dich, Oma. Glaub mir, wenn ich das sage – ich fühle mich nicht hintergangen. Ich finde es einfach aufregend, über all die Feenlegenden und Dinge nachzudenken, von denen ich nichts weiß. Ich meine, ich habe schon einiges darüber gelesen, aber ich habe noch so viel zu lernen", sagte Gwen und ließ sich auf einen Stuhl fallen, während sie von den endlosen Möglichkeiten überwältigt wurde.

„Ja, Feen gibt es wirklich, mein Kind", sagte Oma und lächelte sanft, während sie den Tee an den Tisch brachte, die Tassen entsprechend anordnete und den Tee in der Kanne ziehen ließ. Dann ließ sie sich auf dem Stuhl gegenüber von Gwen nieder.

„Bin ich also eine Fee? Ich meine... wahrscheinlich schon, oder? Was kannst du mir dazu sagen?", fragte Gwen und griff in die Tüte mit den Keksen. Wenn es eine Zeit für Kekse gab, dann war es jetzt.

„Ja, du bist eine Fee. Oder Halb-Fee. Ich bin mir nicht ganz sicher, was das im Einzelnen bedeutet", gab Oma zu, nahm einen Keks und biss hinein. Gwen wartete, bis der Zucker seine Wirkung tat, und als ihre Oma etwas weniger angespannt aussah, gab sie ihr ein Zeichen, dass sie fortfahren solle. „Nun, wie du weißt, habe ich dir immer die Geschichte erzählt, dass du mit Feen getanzt hast – dieser Teil ist wahr."

„Ich habe mit Feen getanzt?" Gwen hüpfte bei dem Gedanken fast auf ihrem Stuhl.

„Das hast du. Ich habe mich immer gefragt, wie ich an jenem Tag über dich gestolpert bin – es war, als wäre ich durch eine Wand in eine neue Welt getreten", sinnierte Oma, und ihre Augen wurden ein wenig verträumt, als sie zurückdachte.

„Was hast du damals gemacht?", fragte Gwen und nahm sich noch einen Keks vom Teller. Kalorien hin oder her – sie brauchte Energie.

„Ich machte an diesem Tag eine kleine Spritztour und ging dann auf eine Wanderung. Ich bin mir nicht sicher, was mich an die Küste zog, aber ich spürte, dass ich dorthin gehen musste. Oh, ich hatte einen meiner Tage, an denen ich so melancholisch war, Henry vermisste und einfach mit dem Leben haderte. Du weißt, dass ich normalerweise nicht viel Theater um diese Dinge mache, aber jeder hat solche Tage."

Gwen streckte sich, um die Hand ihrer Oma zu drücken. Henry war ihr Mann gewesen; er war bei einem Unfall beim Fischen auf hoher See ums Leben gekommen, als ein Sturm aufkam und er sich den Kopf angeschlagen hatte, bevor er über Bord geschleudert wurde. Sie hatten nie Kinder gehabt, und Oma war seitdem alleinstehend. Obwohl Gwen diesen Teil der Geschichte kannte, hatte sie immer angenommen, dass sie ein Waisenkind war und dass sie vielleicht nur dazu bestimmt war, mit Oma zusammen zu sein, um sie vor der Einsamkeit zu bewahren. Da sie eine glückliche Kindheit gehabt hatte und ihr Leben liebte, hatte sich Gwen nie allzu sehr mit der Frage nach ihren Eltern beschäftigt. Es hatte auch keine Rolle gespielt – Familie war Familie.

„Wie auch immer, ich war etwas durch den Wind und fuhr die Küste entlang, bevor ich bei ein paar verlassenen Hügeln parkte, die ziemlich zugewachsen waren. Ich kann mich nicht erinnern, dass ich jemals zuvor Lust gehabt hatte, sie zu erkunden, aber irgendetwas zog mich an diesem Tag dorthin. Damals dachte ich, dass ich vielleicht nur einen guten Spaziergang brauchte, um den ganzen Wahnsinn, der mir im Kopf herumging, loszulassen. Jetzt weiß ich, dass es war, um dich zu finden."

„Ich frage mich, ob ich zu diesen Hügeln zurückkehren sollte. War es ein Feen-Dorf?"

„Es war... wie nichts, was ich je zuvor gesehen hatte. Wie gesagt, es war, als wäre ich durch einen Schleier in eine andere Welt – vielleicht eine andere Zeit – getreten. In der einen Sekunde wanderte ich noch schnaufend den Berg hinauf und in der nächsten betrat ich eine Wiese, die für ein Fest geschmückt war. Jetzt weiß ich, dass es ein Abschiedsfest für dich war."

„Oh... das ist einfach unglaublich", sagte Gwen und hielt sich die Hand aufs Herz. Warum berührte sie das so sehr?

„Es gab Pfähle, die mit Blumen umwickelt waren – so wie diese Maibäume, weißt du? Und Girlanden mit Luftschlangen, Blumen und Kristallen, die einfach in der Luft hingen, ohne an irgendetwas befestigt zu sein. Alles war beleuchtet und schimmerte. Und die Feen... oh, sie waren ein so schönes Volk – so wie du – und sie strahlten und glänzten, während sie tanzten und tanzten."

Gwen ließ das Kompliment ihrer Oma an sich abperlen. Schließlich hatte sie Gwen ihr ganzes Leben lang gesagt, dass sie schön sei. Da keiner der Männer im Dorf diese Meinung zu teilen schien, schob Gwen es darauf, dass das Urteilsvermögen ihrer Oma durch die Liebe zu ihr getrübt war.

„Und mittendrin warst du. Oh, noch nicht einmal ein Jahr alt, das erste Mal auf den Füßen, mit ganz unsicheren Schritten, aber du hast gelacht und gelacht. Du warst ein wunderschönes, pausbäckiges Baby, das nur Freude ausstrahlte. Die Feen um dich herum lachten und lächelten zurück und sangen ihre magischen Lieder. Ich konnte nicht anders, als weiter zu gehen. Es war, als ob ich zu dir hingezogen wurde – ich musste dich abholen. Ich weiß nicht, vielleicht ist ‚unwiderstehlich' das richtige Wort? Ich hatte nicht einmal Angst oder so etwas, obwohl ich das sicherlich hätte haben sollen. Ich bin einfach in die Mitte des Kreises gelaufen und habe dich in die Arme genommen – meine tanzende und lachende Gwen – und dich ganz fest umarmt."

„Was ist dann passiert?" Gwen konnte kaum atmen. Sie hatte diese Geschichte schon einmal gehört, aber nie mit dem Gefühl, dass sie real war. Plötzlich war jede Einzelheit von Bedeutung.

„Alles verschwand. Es war, als hätte man einen Lichtschalter umgelegt und all die Blumen und tanzenden Feen wären einfach...", Oma schnippte mit den Fingern, „...verschwunden. Es war einfach verrückt. Und da stand ich nun, mitten in den Hügeln, und hielt ein Kleinkind auf dem Arm, über das ich nichts wusste. Und weißt du, was du getan hast?"

„Ich weiß es, aber sag es mir trotzdem", sagte Gwen und lächelte ihre Oma an.

„Du hast dich gedreht, deine kleinen pummeligen Hände auf mein Gesicht gelegt und mich geküsst. Du warst nichts als reine Freude, und du warst mein ganzes Leben lang nichts als Freude. Du bist ein Geschenk, meine schöne Gwen", sagte Oma mit dem Herzen in den Augen.

„Ich glaube, du bist das Geschenk, Oma. Du warst das Beste für mich – Mutter und Vater zugleich – und hast mich ich selbst sein lassen. Ich habe eine interessante, lebendige und schöne Kindheit gehabt. Ich hätte mir nicht mehr wünschen können", sagte Gwen und lächelte ihre Oma über ihre Tasse Tee an.

„Das hättest du nie getan, weißt du. Du hättest nicht nach mehr gefragt. Das tust du nie. Du warst immer zufrieden mit deinem Schicksal, und wann immer etwas Schlimmes passiert ist, hast du es in deinem Kopf so lange gedreht und gewendet, bis es gut war. Du bist ein Segen für mich, meine Gwen. Und ich habe etwas für dich. Es gibt einen Teil der Geschichte, den du noch nicht gehört hast", sagte ihre Großmutter, stand auf und drückte Gwen sanft die Schulter, bevor sie den Flur entlang zum Wohnzimmer ging. Gwen hörte, wie sie eine Schublade an ihrem Schreibtisch öffnete, aber sie war wie weggetreten, während ihre Gedanken um all das Wissen kreisten, das sie jetzt hatte. Man stelle sich vor: ein Märchen aus der Kindheit stellt sich als wahr heraus! Es war fast zu viel des Guten für Gwen, und sie wippte wieder auf ihrem Stuhl.

„Nachdem die Feen verschwunden waren, blieb eine zurück. Ich habe dir das nie erzählt, aber sie gab mir ein Geschenk für dich. Wenn die Zeit dafür reif sei, sagte sie." Ihre Großmutter hielt ihr ein kleines, mit Kristallen und Juwelen besetztes Kästchen und eine Papierrolle hin, die mit einer Schleife zusammengebunden war.

„Das ist atemberaubend schön", hauchte Gwen und stellte das Kästchen vorsichtig vor sich hin. Sie staunte, wie die Kristalle gleichzeitig das Licht reflektierten, so dass die Schatulle wie eine Discokugel aussah. Es war seltsam, aber sie konnte die Energie spüren, die von ihr ausging, als ob das, was darin lag, für sie bestimmt war. Gwen schüttelte den Kopf, sie konnte es nicht glauben.

„Das war die Frau auch. Ich schwöre, sie war anders als die anderen Feenwesen." Oma lachte über sich selbst. „Hör dir das an, ich rede, als wüsste ich alles über das Feenvolk. Aber sie war anders, ich schwöre es. Sie hatte dieses Leuchten um sich herum, und wenn sie sprach, war es, als ob Engel sängen oder Blumen aufblühten ... einfach dieser wunderschöne, durchdringende Ton. Vielleicht habe ich es nur in meinem Kopf gehört, vielleicht hat sie nicht einmal laut gesprochen. Aber alles, was sie sagte, war, dass du für mich bestimmt bist und dass ich dir dieses Geschenk machen soll, wenn die Zeit reif ist. Ich fragte sie, wie ich den richtigen Zeitpunkt erkennen würde, und sie versprach mir, dass ich es wissen würde. In Sekundenschnelle war sie verschwunden, und ich blieb mit einem lachenden Baby und diesem wunderschönen Schmuckkästchen in der Hand zurück."

„Und was hast du den Leuten erzählt, als du zurückkamst?"

„Ich habe die Geschichte erfunden, dass ein lange verschollener Verwandter verstorben ist, wodurch du zum Waisenkind wurdest, und dass ich die nächste Verwandte war. Überraschenderweise hat das nie jemand hinterfragt. Ich glaube, die Feen haben da mitgeholfen", gab Oma zu und lehnte sich zurück, um Gwen anzulächeln. „Und? Willst du es nicht öffnen?"

„Natürlich!", rief Gwen. Sie nahm die Schriftrolle und löste vorsichtig das Band, mit dem sie verschlossen war. Als sie das Papier entrollte, legte sie den Kopf schräg und blickte verwirrt auf die Zeile auf dem Papier.

„Und? Ach, schau an, ich bin ganz aufgeregt", lachte Oma.

„Da steht: ‚Feuer und Eis, Lied für Lied, Tag für Nacht, so folget nach.'"

„Das… Ich weiß nicht, was ich dazu sagen soll. Ich bin mir nicht sicher, was das bedeuten könnte", sagte Oma.

Gwen lächelte sie nur an. „Ich bin mir sicher, dass es noch vieles geben wird, was keinen Sinn ergibt. Wir werden es herausfinden, ich spüre es einfach. In meinen Comics gibt es immer einen Hinweis und dann eine Aufgabe. Ich bin mir sicher, dass hier mehr dahintersteckt", sagte Gwen und hielt den Atem an, als sie den Klappdeckel der Schachtel öffnete.

„Oh, die sind perfekt... genau nach meinem Geschmack. Sie sind für mich bestimmt", sagte Gwen. Sie war sich nicht sicher, woher sie das wusste, aber sie hatte keinen Zweifel.

Zwei Armreifen lagen auf lila Satin gebettet. Das Metall war aus Gold, aber aus antiquiertem Gold, gehämmert und mit Symbolen versehen, die Gwen nicht kannte. In der Mitte des einen Armbands befand sich ein eisblauer, fast weißer Stein, im anderen ein Stein von tiefstem Rot.

„Feuer und Eis", hauchte Gwen und zog sie heraus, um sie ihrer Großmutter zu zeigen.

„Oh ... meine Güte." Omas Hände schwebten über die Armreifen, aber dann zog sie sie zurück. „Ich habe das Gefühl, ich sollte sie nicht berühren. Sie sind für dich bestimmt. Damit hast du recht."

Gwen nickte ohne das, was ihre Oma gesagt hatte, in Frage zu stellen, und legte sich den ersten Armreif – das Eis – um ihr rechtes Handgelenk. Das Metall verdrehte und verformte sich, und wurde zu einem geschlossenen Kreis an ihrem Handgelenk – es war nicht länger ein offener Reif.

„Hast du das gesehen?!", rief Gwen aus und hielt ihr Handgelenk in die Höhe. „Es ist jetzt ein Armband. Ich glaube nicht, dass es abgenommen werden soll."

„Ein Glück, dass es dir gefällt", sagte Oma und brachte Gwen zum Lachen.

„Gott sei Dank", sagte Gwen, wiederholte die Prozedur mit dem anderen Arm und lachte erneut, als der Reif zu einem festen Armband wurde.

„Sie sind wirklich unglaublich schön. Und sie stehen dir. Ich frage mich, wofür sie bestimmt sind? Oder ob sie etwas bedeuten. Vielleicht bist du eine Prinzessin?!", rief Oma aus und bedeckte ihr Gesicht mit den Händen. „Schau mich an ... Ich bin genauso aufgeregt wie du."

„Keine schlechte Idee. Vielleicht *bin* ich eine Prinzessin. Wär' das nicht was?" Gwen kicherte und hob ihre Handgelenke, um zu bewundern, wie das Licht auf ihre Armbänder fiel. Sie waren ganz leicht, und wenn die Kraft nicht wäre, die sie durchströmte, würde sie wahrscheinlich gar nicht merken, dass sie sie trug.

„Glaubst du, es wäre dasselbe passiert, wenn du die Handgelenke vertauscht hättest?", fragte Oma.

„Das Feuer ist für links ... für meine Herzseite bestimmt", sagte Gwen automatisch und hielt dann inne. Woher wusste sie das?

„Hmm. Ich frage mich, ob Feuer Leidenschaft bedeutet. Oh... wie die Liebe! Vielleicht wirst du Liebe finden?", fragte Oma mit aufgeregter Stimme.

Gwen nahm sich einen Keks und schob ihn in den Mund, bevor sie etwas sagen konnte. Denn das erste, was ihr in den Sinn gekommen war, als Oma Liebe erwähnt hatte, war niemand anderes als ein unerträglicher Gott von einem Mann – Lochlain selbst. Und selbst sie wusste, dass Märchen mit Prinzessinnen wie ihr nicht funktionierten. Loch war nicht für sie bestimmt.

10

„Und das soll unser Beschützer sein?", fragte Bianca und hob eine Augenbraue, während sie zu dem schmollenden Mann hinübersah, der in der Ecke des fast leeren Pubs lümmelte. Seine Stiefel waren auf einen Stuhl gestützt und er blickte aus dem Fenster. Die wenigen Leute, die die Kneipe betraten, waren klug genug, um einen großen Bogen um den in Leder gekleideten Mann zu machen, und Bianca konnte es ihnen nicht verdenken. Wer wollte schon mit einem schlecht gelaunten, übermäßig muskulösen Mann reden?

Nun, offenbar fanden einige Mädchen diese Haltung attraktiv. Bianca schniefte, als sich eine Blondine Loch näherte, aber er schüttelte ihre Hand schnell von seinem Arm und wies sie ab.

„Ja, das ist er", sagte Seamus und nahm einen Schluck von seinem Bier.

„Wenigstens ist er kein männliches Flittchen", sagte Bianca und beobachtete, wie er eine andere Frau abwehrte, die es wagte, sich ihm zu nähern. „Was ist eigentlich mit diesen Frauen los? Sehen die nicht, dass er aussieht wie ein Arsch?"

„Ich glaube, es ist genau sein Hinterteil, an dem sie interessiert sind, meine Liebe", sagte Seamus und tätschelte ihr Bein.

„Dann haben sie alle ihren Verstand verloren", urteilte Bianca über die Frauen und lächelte zu Seamus hoch.

„Du willst mir doch nicht sagen, dass du ihn nicht attraktiv findest?", fragte Seamus und neigte fragend den Kopf.

Bianca schaute noch einmal zu Loch hinüber, studierte seine Statur, seine launischen Augen und sein kantiges Gesicht.

„Doch, ich kann den Reiz erkennen, wenn das dein Typ ist. Er ist vermutlich nicht unansehnlich. Aber all diese Muskeln und dieses Auftreten? Nein, danke. Ich mag Männer mit schlanken Muskeln und klugem Verstand. Ich war noch nie ein Fan von diesen muskelbepackten Kerlen aus romantischen Liebesgeschichten."

„Ich kann auch romantisch sein, meine Süße", knurrte Seamus, vergrub sein Gesicht in ihrem Nacken und brachte sie zum Kichern, indem er ihr einen Kuss auf die empfindliche Stelle auf ihrem Schlüsselbein gab.

„Ja, das kannst du", stimmte Bianca zu. „Ich habe nur Augen für dich, Liebster."

„Gut, dann werde ich nicht dazu gezwungen sein, meine Männlichkeit gegen den Hulk da drüben zu beweisen." Seamus lächelte wieder, nahm einen weiteren Schluck von seinem Bier und nickte der Kellnerin dankend zu, als sie einen Teller mit Fish und Chips vor ihm abstellte.

„Erzähle mir von der Sucherin", sagte Bianca, biss in

eine Pommes und starrte dann auf sie herab, als sie bemerkte, dass sie sie noch nicht in Essig getränkt hatte. Sie schnappte sich die Flasche, schüttete eine großzügige Menge auf ihre Portion und wartete darauf, dass Seamus sprach.

„Ich glaube, sie wird uns gefallen", sagte Seamus und erzählte Bianca von der Episode mit dem Eis, bis sie sich vor Lachen krümmte.

„Musst du es allen erzählen?" Ein Schatten fiel auf sie, und Bianca richtete sich auf, um zu sehen, wie Loch auf sie herabblickte.

„Nicht allen. Nur der Liebe meines Lebens. Bianca, das ist Lochlain, ein hochgeschätzter Hexenmeister aus dem Volk der Feen. Seine Magie ist mächtig, auch wenn seine Gesinnung bitter ist", sagte Seamus und verbiss sich ein Lächeln, als Lochs Blick ernster wurde.

„Ich freue mich, deine Bekanntschaft zu machen", sagte Bianca heiter und blickte ihn mit ihren süßen Grübchen auf den Wangen an, bis sich die Falten in seinem Gesicht ein wenig glätteten. Charme funktionierte bei ihr immer gut.

„Ich verstehe nicht ganz, warum ihr mich verfolgt", sagte Loch mit rauer Stimme, während seine Augen unablässig den Raum absuchten.

„Ach, weißt du, das Schicksal der Welt und all das", sagte Bianca und nahm eine weitere Pommes vom Teller. „Und weil die Göttin Danu uns darum gebeten hat."

„Ihr seid ihr begegnet?", fragte Loch und zeigte zum ersten Mal echtes Interesse.

„Ja, jetzt schon ein paar Mal. Es ist jedes Mal total beeindruckend. Ich muss zugeben, dass ich zu einem

kleinen Groupie werde, wenn ich sie sehe. Es ist einfach...
wow, verstehst du?" Bianca klopfte sich auf ihre üppige
Brust und lachte. „Es trifft dich einfach mitten in die Brust
und du kannst kaum noch atmen, aber du willst auch
nicht atmen oder sprechen oder eine Minute davon
verpassen."

„Sie ist eine mächtige Erscheinung, das stimmt",
stimmte Seamus zu.

„Sie ist im Moment nicht meine Favoritin", sagte Loch,
und sowohl Seamus als auch Bianca hielten inne.

„Ähm ... und warum?" Bianca hob ihr Kinn.

„Das ist meine Angelegenheit und nicht deine. Ich
werde mich um Danu kümmern, wenn ich diese alberne
Mission beendet habe. Aber jetzt lasst uns erst einmal die
Sucherin finden und uns auf den Weg machen. Es hat
keinen Sinn, hier zu sitzen und auf weitere Domnua zu
warten", sagte Loch und starrte auf das Essen.

„Ein Körper braucht Nahrung", sagte Seamus fröhlich
und nahm einen Bissen von seinem Fisch. „Und du könntest auch was vertragen. Man weiß nie, wo wir als Nächstes
landen. Und die Dinge können sich schnell ändern. Eine
Sache, die wir bereits gelernt haben, ist, die kleinen
Momente der Freude und der Gemütlichkeit zu ergreifen,
wenn sie kommen. Der Wind des Schicksals bläst unbe-
ständig."

Loch musterte die beiden einen Moment lang. Dann
seufzte er auf, zog sich einen Stuhl heran und gab der Kellnerin ein Zeichen.

„In Ordnung. Dann informiert mich über die bishe-
rigen Ereignisse. Ich will alle Details – lasst nichts aus!"

„Oh, ja, Sir. Bitte, Sir, dürfen wir das für Sie tun, Sir?", sagte Bianca und ihre Stimme triefte vor Sarkasmus. Dieser Mann ging ihr eindeutig auf den Zeiger.

Loch wischte sich mit der Hand über das Gesicht und stieß einen frustrierten Seufzer aus.

„Ich bin es gewohnt, Befehle zu erteilen. Aber gut, ich werde versuchen, die Dinge angemessener zu formulieren", sagte Loch.

Bianca wartete einen Moment, dann entschied sie, dass dies einer Entschuldigung nahe genug kam und zuckte mit den Schultern. „Mach es dir bequem, mein Freund. Es ist Zeit für eine Geschichte."

Sie hielten ihre Köpfe gesenkt und unterhielten sich leise, während Loch von den beiden vorherigen Suchmissionen erfuhr.

Und währenddessen verpassten sie den Regen, der zu fallen begann... die Domnua waren in die Tropfen eingerollt... silberne Kugeln des Schicksals, die auf den Straßen zerplatzten.

11

G wen hüpfte geradezu die dunkle Straße hinunter und achtete nicht auf den leichten Regen, der gerade einsetzte. Während sie sich die Kapuze ihrer Strickjacke über den Kopf zog, summte sie „Bohemian Rhapsody" von Queen und wippte zur Melodie, in Gedanken an märchenhafte Welten und magische Kräfte versunken.

Sie hatte sich von ihrer Großmutter mit dem Versprechen verabschiedet, sie am nächsten Morgen anzurufen und hatte ihr eine extra lange Umarmung gegeben, um ihr zu versichern, dass sie Teil ihrer Familie war und nichts und niemand das jemals ändern könnte. Wie sie ihr immer wieder gesagt hatte, hatte ihre Oma ihr das beste Leben ermöglicht, und Liebe war Liebe. Blutsverwandtschaft hin oder her, das Band, das Oma und Gwen verband, war eisern, was Gwen anging.

Gwen blickte auf die Armbänder an ihren Handgelenken hinunter und sah, wie das Rubinrot des Steins auf der Feuerseite im fahlen Licht der Straßenlaterne schimmerte. Sie konnte es kaum erwarten, die Armbänder auszuprobieren – um zu sehen, ob sie tatsächlich die Kraft besaßen, von der sie schwor, dass sie ihr Vibrieren spüren konnte. Vielleicht waren sie einfach eine Möglichkeit, die Verbindung zu ihrer leiblichen Familie aufrechtzuerhalten, überlegte sie, während der Regen stärker wurde.

Vielleicht wäre Gwen aufmerksamer gewesen, wenn sie das frühere Zusammentreffen mit den silbernen, bösen Feen mehr aus der Ruhe gebracht hätte. Es war reines Glück, dass sie mitten im Gehen innehielt, um über etwas nachzudenken, und so nur knapp von einer gebogenen Klinge verfehlt wurde, die eigentlich ihr Todesstoß hätte sein sollen. Aus reinem Instinkt heraus wirbelte Gwen mit erhobenen Armen herum, bevor die Eissplitter aus ihren Händen schossen, wie kleine Dolche, die ihre Ziele in den drei Feenmännern fanden, die ungläubig auf die Splitter herabblickten, die sich tief in ihre Brust bohrten und an denen schnell eine silberne Flüssigkeit herablief.

„Haut ab!", rief Gwen und trat langsam zurück, die Arme vor sich verschränkt. Aber sie sprach zu Luft, denn die drei hatten sich bereits zu Pfützen auf der Straße aufgelöst und der Regen hatte ihr Blut gefordert.

„So. Damit bin ich ganz allein fertig geworden, nicht wahr? So einen wie Loch werde ich nicht brauchen, so viel steht fest", sagte Gwen, trotz des Pochens in ihrer Brust. Was machte es schon, dass sie ein wenig Adrenalin in sich hatte? Es kam nicht jeden Tag vor, dass sie so viele Angriffe auf ihr Leben hatte. Gwen hielt inne, um sich die Stelle anzusehen, an der ihr Arm pochte, und fluchte, als sie einen Riss in ihrer Strickjacke sah. Sie war eines ihrer Lieblingsstücke, und jetzt würde Oma sie für sie flicken müssen. Verärgert wandte sich Gwen zum Gehen.

Und kreischte auf, als sie sich einer Wand silberner Männer gegenübersah, die sich scheinbar aus jedem fallenden Regentropfen materialisierten, Hunderte und Aberhunderte von ihnen, die sie bedrohlich anstarrten.

„Jungs, ich bin mir sicher, dass wir hier eine Lösung finden können", stammelte Gwen, deren Puls nun auf Hochtouren lief, während ihr eine Schweißperle über den Haaransatz rann. „Sagt mir einfach, was ihr von mir wollt, und ich werde es euch geben." Während sie sprach, gestikulierte Gwen mit ihren Händen, und die Männer hielten den Atem an, alle Augen auf die Armbänder an ihren Handgelenken gerichtet. Kurz darauf begannen sie untereinander zu flüstern.

„Die hier? Wollt ihr die haben? Ich würde sie euch geben, aber ich bin mir sicher, dass sie bei mir bleiben sollen. Also, vielleicht etwas anderes?", stammelte Gwen und dachte an einen Rückzug, merkte aber zu spät, dass sie umzingelt war.

Und der Regen fiel immer weiter.

„Gwenith, die mit Feen tanzt", flüsterte Gwen vor sich hin, kreiste umher und zwang sich, nachzudenken, angesichts der Panik, die in ihr aufstieg und ihre Gedanken einzunehmen drohte. „Du bist von magischem Blut. Was würde eine Kriegerprinzessin tun?"

Ein Feenmann trat vor und schenkte ihr ein freches Grinsen, womit er Gwen ungewollt etwas gab, auf das sie ihre Wut richten konnte.

„Ich hab's. Sei eine harte Frau und stirb kämpfend." Gwen stählte ihre Nerven und lächelte den Mann mit einem „Komm-her-Blick" an. Oder zumindest war es das, was sie sich unter einem „Komm-her-Blick" vorstellte, denn

es war wohl eher eine Grimasse, die sie schnitt. Der Feenmann hielt kurz inne, was Gwen gerade genug Zeit gab,
ihren Angriff zu starten.

„Ich liebe dich, Oma!", kreischte Gwen aus irgendeinem unerklärlichen Grund, hob die Arme und schoss so
viele Eissplitter wie möglich um sich, wobei sie sich im
Kreis drehte, wie eine Art automatische Waffe, die Eis
abfeuerte. Ihre Freude über die Anzahl der Feenmänner, die
vor ihr zu Boden gingen, war größer, als sie es für möglich
gehalten hätte.

Doch der Regen hielt an.

Gwen wusste, dass sie allein und die anderen zu viele
waren, und betete, dass ihre fast unerprobte Magie halten
würde. Als sich der Kreis um sie weiter zusammenzog und
die Feen zu zahlreich für sie wurden, schloss Gwen die
Augen.

„Augen auf, Fräulein. So wirst du nicht kämpfen
können", brummte Loch neben ihr, während er wie
nebenbei und viel zu leicht links und rechts die Feenmänner mit der Magie, die er seinen unglaublichen Händen
entlockte, umlegte.

Seine unglaublichen Hände? Gwen schüttelte den
Kopf. Sie musste noch am Leben sein, wenn sie Lochs
muskulöse Unterarme bewundern konnte.

„Schön, dass du da bist", murmelte sie.

Loch warf ihr einen bösen Blick zu.

„Es scheint dir große Freude zu bereiten, meine Hilfe
abzuweisen. Sag mir noch einmal, warum ich dir genau
helfen sollte?", fragte Loch, der seine Augen auf die ihren
gerichtet hielt, während er die Angriffe der Feenmänner mit
Leichtigkeit abwehrte. Seine Magie schien sie auf Distanz

zu halten und sie gleichzeitig auf der Stelle zu Boden gehen zu lassen. Sie fragte sich kurz, ob er eine Art Kraftfeld um sie herum errichtet hatte.

„Tut mir leid." Gwen räusperte sich. „Ich mag es nicht, wenn Fremde unhöflich zu mir sind."

„Wenn du denkst, dass das unhöflich war, dann haben wir eine höllische Zeit vor uns."

Gwens Gedanken stolperten über die Vorstellung, dass er und sie ein „wir" waren, aber sie konnte gerade nicht zu viel darüber nachdenken, da der Regen immer noch fiel und sich jeder Tropfen explosionsartig in einen silbernen Feenmann verwandelte, der aufsprang und zum Angriff bereit war.

„Könnt ihr den Regen nicht irgendwie stoppen?", fragte eine Stimme irritiert. Gwen drehte sich um und erschrak, als sie eine rundliche Blondine sah, die mit einer Heiterkeit silberne Feenmänner abstach, als ob sie Blumen für einen Strauß pflücken würde.

„Sie hat Recht", sagte eine andere Stimme, und Gwen wirbelte herum und sah einen schlaksigen rothaarigen Mann, der ruhig mit Pfeil und Bogen tödliche Pfeile abschoss. Die vier standen mit dem Rücken zueinander und bekämpften geduldig den inneren Kreis der Feenkrieger, der nie zu enden schien.

„Ähm, wer sind diese Leute?", fragte Gwen Loch über ihre Schulter, die, wie sie feststellte, immer kälter wurde.

„Bianca ist mein Name", rief die Blondine fröhlich, „und der hübsche Rotschopf da drüben gehört mir, also denk gar nicht erst darüber nach, ja? Wir sind dein Team, sozusagen. Deine Truppe, deine Armee, deine Verstärkung. Wie auch immer du uns nennen willst. Wir sind von der

Göttin geschickt worden, um dir bei deiner Suche zu helfen."

„Meine... meine Suche", stammelte Gwen. Dann ließ sie ihren Arm fallen, der nun vor Schmerz schrie, während sie den anderen Arm immer noch hochhielt und versuchte, Eis auf die Feen zu schießen.

„Ja, um den Speer von Lugh zu finden. Oder den Speer der Wahrheit. Den Speer des Lichts. Er hat alle möglichen Namen. Wie auch immer, es ist deine Aufgabe, ihn zu finden, und wir sind lediglich deine Diener", sagte Bianca und stach einem anderen Feenkrieger genüsslich mitten ins Herz.

„Der Speer?" In diesem Moment erfasste sie ein Schwindelgefühl und Gwen merkte, dass sie kurz vor der Ohnmacht stand. „Mein... mein Arm."

Das war das Letzte, was sie spürte, bevor sie mit dem Gesicht nach unten über einer Pfütze aus silbernem Blut und Regen zusammenbrach.

12

G wen erwachte mit einem Blinzeln. Wie bei einem Fernseher, der eingeschaltet wurde, wechselte sie plötzlich von der Bewusstlosigkeit zum Bewusstsein und wagte es kaum, zu atmen. Hatte man sie gefangen genommen? Fühlte sich so der Tod an?

Wenn ja, dann war es ein überraschend angenehmer Tod, dachte Gwen, die in einem kuschelig warmen Bett lag und deren einziges dringendes Bedürfnis es war, die Toilette zu benutzen.

„Hey, Schlafmütze." Die blonde Frau – Bianca, wie sich Gwen erinnerte – beugte sich über das Bett und lächelte sie an.

„Hallo. Ähm, wurden wir gefangen genommen? Was ist passiert?", fragte Gwen und schluckte gegen die Trockenheit in ihrer Kehle an. Sie fragte sich, ob sie geschnarcht hatte, während sie ohnmächtig war, und stöhnte dann innerlich auf bei dem Gedanken daran, vielleicht in der Nähe des so gutaussehenden Lochlain geschnarcht zu haben. Vielleicht war er mit den Feenmännern verschwunden? Vielleicht war das alles nur ein seltsamer Traum.

„Du bist wach, endlich", sagte Loch, trat ans Bett und warf einen flüchtigen Blick auf Gwen. Sie seufzte. Es war wohl nichts mit der ganzen Das-ist-nur-ein-Traum-Sache, dachte Gwen und errötete fast, als ihr klar wurde, dass wie ein Schreckgespenst aussehen musste.

Und warum kümmerte es sie eigentlich, wie sie aussah? Gwen machte sich noch einmal klar, dass Männer wie Loch niemals Frauen wie sie ansahen.

„Gute Manieren am Krankenbett, Doc." Bianca warf Loch einen strengen Blick zu und legte ihre Hand auf Gwens Stirn, um das Fieber zu prüfen.

„Was ist passiert?", fragte Gwen und nahm dankbar das Glas Wasser an, das Bianca ihr reichte.

„Du wurdest verwundet. Eine Schnittwunde an deinem Arm. Feenklingen sind mit dunkler Magie behaftet. Du musst also aufpassen, dass du nicht getroffen wirst", ermahnte Bianca Gwen sanft. „Es braucht starke Magie, um dich so schnell zu heilen, wie es uns gelungen ist. Dafür musst du Loch danken."

Gwens Augen trafen auf seine gelbbraunen, und sie wünschte sich, sie könnte lesen, was in ihren Tiefen lag.

„Nun, dann bin ich dir wohl zu Dank verpflichtet", sagte Gwen und lächelte Loch an.

„Keine Ursache", sagte Loch und lenkte das Thema von der Heilung ab, als wäre es unbedeutend wie das Aufheben einer Serviette, die sie fallen gelassen hatte. „Ich bin einfach froh, dass es mir dieses Mal gelungen ist, dich aus eigener Kraft zu heilen."

„Was meinst du mit ,dieses Mal'? Gab es jemanden, den

du nicht heilen konntest?", fragte Gwen und war schockiert, als sie sah, wie ein Anflug von Wut über Lochs Gesicht flackerte, bevor er seinen Gesichtsausdruck zurechtrückte.

„Sagen wir einfach, dass ich dankbar bin, dass ich nicht so weit gehen musste wie einst", stieß Loch hervor, und Gwen fragte sich, was ihn so wütend machte. Sollte er nicht froh darüber sein, dass er sie so leicht von einer Feen-Wunde heilen konnte, die auch tödlich hätte sein können? Männer und ihre Egos, dachte Gwen und schüttelte ihren Kopf, bevor sie sich wieder Bianca zuwandte.

„Wo sind wir?"

„Wir haben das Dorf verlassen. Zu viele Domnua wussten, wo wir waren. Es ist wirklich das Beste, wenn wir weiterziehen", sagte Bianca und ihre Stimme hallte durch den Raum, während sie zu einer kleinen Küchenzeile in der Ecke ging, wo ein Topf auf dem Herd blubberte. Gwen richtete sich auf, um ihre Umgebung in Augenschein zu nehmen. Ihr Bett befand sich in einer Nische in einem Haus, das nur aus einem Zimmer zu bestehen schien.

Seamus schürte das Feuer unter einem kleinen Herd, dessen Flammen den kleinen Raum wärmten, und Loch saß mit aufgewühlter Miene in einem Sessel. Am Herd goss Bianca etwas, das wie eine Suppe aussah, in eine Schüssel und brachte sie an Gwens Bett. „Hier. Iss das und dann plaudern wir ein bisschen", sagte sie.

Wie aufs Stichwort verwickelte Seamus Loch in ein Gespräch und ließ den Frauen ein wenig Privatsphäre.

„Danke. Ich bin völlig ausgehungert", gab Gwen zu, löffelte den Gemüseeintopf und versuchte, nicht zu Loch hinüberzublicken, der immer noch eine finstere Miene machte.

„Er sieht gut aus, nicht wahr?", fragte Bianca, die Gwens verstohlenen Blick bemerkt hatte.

„Ähm, machst du Witze? Ja, er sieht aus wie einer der Superhelden aus meinen Comics. Ich wette, jede Frau im Umkreis von ein paar Metern bleibt stehen, um ihn anzusprechen. Er ist der schlimmste Albtraum eines jeden Mannes und der heimliche Traum einer jeden Frau. Gutaussehend trifft es nicht mal ansatzweise", schwärmte Gwen.

Bianca wich überrascht zurück, bevor sie Gwen anlächelte. „Du stehst also schon auf ihn?"

„Was?" Gwen ließ fast die Suppenschüssel fallen, dann lachte sie. „Ich? Nein. Männer wie er stehen nicht auf Frauen wie mich. Sie stehen auf... die Art von Frauen, die einem die Show stehlen. Glanz und Glamour. Frauen, die zu schweben scheinen und dabei turmhohe Stiletto-Absätze tragen. Ich bin eher der Typ, der versehentlich gegen eine Wand läuft und T-Shirts trägt. Nein, wir wären ein höllisches Paar, sage ich dir. Aber ich habe kein Problem damit. Es ist viel einfacher, eine Suchmission durchzuführen, ohne dass eine Romanze dazwischenkommt", sagte Gwen und nahm noch einen Löffel Suppe, bevor sie mit diesem auf Bianca zeigte. „Wo wir gerade von Suchmissionen sprechen, möchtest du mich vielleicht einweihen?"

„Ja, es gibt so viel zu erzählen – aber zunächst muss ich dir eines sagen", sagte Bianca und streckte die Hand aus, um Gwens Arm zu streicheln. „Ich finde, du bist umwerfend. Du siehst dich nur nicht so, wie andere dich sehen."

Gwen wurde heiß, und sie verfluchte ihre helle Haut

wieder einmal dafür, dass sie ihre Gefühle verriet. „Das ist lieb von dir, aber ich kann mich gut damit abfinden, dass meine Attraktivität bestenfalls passabel ist. Sonst wären im Dorf mehr Männer auf mich aufmerksam geworden oder hätten versucht, mit mir auszugehen." Gwen zuckte mit den Schultern. Es war ihr unangenehm, über ihr Aussehen zu reden, wo es doch so viel interessantere Dinge zu besprechen gab, wie Magie und mordende Feen.

„Ich glaube, das liegt daran, dass sie zu eingeschüchtert von dir waren", sagte Bianca leise, und Gwen stieß ein schallendes Gelächter aus, das beide Männer in ihre Richtung blicken ließ.

„Ein schöner Gedanke, nicht wahr? Unwahrscheinlich, aber du bist wirklich ein Schatz", kicherte Gwen wieder und freute sich, Bianca bei diesem Abenteuer – was auch immer es für ein Abenteuer war – dabei zu haben.

„Ich glaube, du unterschätzt dich. Aber das ist alles, was ich dazu sagen werde. Was die Suche angeht: Hast du schon von den vier Schätzen gehört? Den großen Schätzen der Götterstädte?"

„Ja, das habe ich. Um sie ranken sich viele Mythen und Legenden. Es macht Spaß, darüber zu lesen", sagte Gwen und hielt dann inne, als die Erkenntnis sie wie ein Ziegelstein traf. „Warte – willst du sagen, die Schätze sind echt? Der Speer? Muss *ich* den finden? Warum sind sie verloren? Moment mal ... es gibt sie wirklich?"

„Sie sind so real wie der Löffel, den du in der Hand hältst", lächelte Bianca und lehnte sich zurück, um ihre Arme vor der Brust zu verschränken. „Und sie sind verschwunden, weil die bösen Feen Irland vor Jahrhunderten mit einem Fluch belegt haben."

„Die Domnua", sagte Gwen, prüfte das Wort auf der Zunge und entschied, dass es ihr nicht gefiel.

„Richtig. Die zickige Schwester der Göttin Danu ist ihre Queen Mum, wenn man so will", sagte Bianca. „Wenn die Danula – die Guten" – Bianca zeigte auf Seamus und Loch – „die vier Schätze nicht finden, bevor die Zeit abläuft, werden sich die Domnua erheben und die Welt erben."

„Ach, keine große Sache also", sagte Gwen mit dünner Stimme.

„Hab Vertrauen. Bis jetzt läuft es gut, wir haben zwei der Schätze gefunden und sind auf einem guten Weg. Außerdem hast du bereits deine Magie entdeckt und einen hohen und mächtigen Zauberer als Beschützer. Du kannst also loslegen", sagte Bianca, und Begeisterung blitzte in ihrem hübschen Gesicht auf.

Gwen versuchte, die hübsche Blondine im Pullover, die ihr gegenübersaß, mit der Frau in Einklang zu bringen, die fröhlich Feenmänner umgelegt hatte. Es fiel ihr schwer, diese Verbindung herzustellen. Obwohl sie annahm, dass die meisten sie auch nicht für eine Mörderin halten würden, und hatte sie nicht auch ihren eigenen Anteil an Feen getötet?

„Mein... mein Beschützer?", fragte Gwen und warf wieder einen Blick zu Loch hinüber.

„Genau. Es ist eine große Ehre. In jeder Generation gibt es Suchende – Na Sirtheior und Beschützer. Die Feen wissen, wer die Beschützer sind, und die Familien sind sehr stolz, wenn einer von ihnen zum Beschützer auserkoren wird. Aber diese Runde von Sucherinnen scheint kein Vorwissen über die Suchmissionen zu haben. Ich vermute, dass du wahrscheinlich eine Art Waisenkind bist, oder adoptiert wurdest? Das Thema scheint sich wie ein roter Faden durchzuziehen."

„Oma", hauchte Gwen, und die Angst stieg so schnell in ihr auf, dass sie fast die Suppenschüssel aus ihrer Hand gleiten ließ. „Ich muss zu Oma. Dafür sorgen, dass sie in Sicherheit ist." Gwen setzte sich auf und versuchte, ihre Beine über die Bettkante zu schwingen. Sie musste dringend ein Telefon finden oder zurück ins Dorf gehen, um ihre Großmutter zu suchen.

„Loch hat sich um sie gekümmert. Hör mir zu", sagte Bianca scharf und legte ihre Hände auf Gwens Schultern, um sie festzuhalten. „Sie ist in Sicherheit."

Gwen las die Wahrheit in Biancas Augen, aber sie musste sie trotzdem von Loch hören.

„Ist das wahr? Meine Oma ist in Sicherheit?", fragte Gwen und unterbrach das Gespräch am anderen Ende des Raumes.

Loch ließ seinen Blick über Gwen schweifen. Sie errötete fast, als sie merkte, dass sie nur ein Trägerhemd trug, obwohl das Laken den Rest ihres Körpers bedeckte. Dann nickte er ihr zu.

„Sie ist in meinem Dorf. Es ist ein magisches Dorf, von dem niemand weiß. Die Feen wohnen dort und es wird von der Göttin Danu selbst bewacht. Es gibt keinen sichereren Ort für sie auf dieser Welt. Außerdem schien sie sich über all die Feen zu freuen, die auf sie zukamen und ihr Fragen stellten. Offenbar sind sie genauso neugierig wie sie selbst."

„Das klingt ganz nach Oma. Sie liebt es, mir die Geschichte zu erzählen, wie ich einst mit den Feen getanzt habe", sinnierte Gwen.

Loch sprang so schnell auf, dass sie fast nach Atem schnappte. „Was genau ist das für eine Geschichte?"

„Oh... es ist nur ein... obwohl, vielleicht auch nicht...", sagte Gwen und stotterte ein wenig, während sie merkte, dass es nicht nur ein Märchen war. Sie erzählte die Geschichte schnell und beobachtete Lochs Gesichtsausdruck, um Hinweise zu finden, was sie bedeuten könnte.

„Die Armbänder – darf ich sie mal haben?", fragte Loch und sie konnte den inneren Kampf in seinem Gesicht ablesen, während er sie fragte, anstatt ihr zu befehlen, sie auszuhändigen.

„Nein. Sie gehören mir. Ich bin mir nicht sicher, ob ich sie überhaupt abnehmen kann. Als ich sie angelegt habe, haben sie sich verwandelt und sich um meinen Arm geschlossen. Ich habe das Gefühl, dass sie jetzt für immer da sind", sagte Gwen und zuckte ein wenig zusammen, als Loch ihr Handgelenk in seine Hand nahm und es so drehte, dass er die Inschrift auf dem Armband lesen konnte. Gwen versuchte, das Streicheln seiner Finger auf ihrer Haut zu ignorieren, doch seine Berührung ließ langsam eine Hitze ihren Arm hinaufwandern.

„Du kannst die Zeichen lesen", sagte Bianca und neigte den Kopf, um Loch zu beobachten, während er Gwens Armbänder untersuchte.

„Ja."

„Was steht dort?", fragte Gwen.

Loch ließ ihre Hand so schnell fallen, wie er sie genommen hatte, und stürmte aus dem Zimmer, bevor die Tür hinter ihm zuschlug.

„Der Mann hat einen Sinn für Dramatik", sagte

Seamus, der auf der Couch saß und seine Geige stimmte. „Ich mag das irgendwie. Es hält die Dinge spannend."

Spannend, in der Tat, dachte Gwen und strich mit der Hand über ihre Haut, wo sie immer noch den Druck seiner Berührung spürte.

Er bewahrte vielleicht ihre Sicherheit, aber er bewahrte auch einige sehr tiefe Geheimnisse.

13

Eine Stunde verging, und Loch war noch immer nicht zurückgekehrt. Gwen tat es mit einem Achselzucken ab. Sie weigerte sich, sich von dem rätselhaften Beschützer zu sehr in den Bann ziehen zu lassen. Stattdessen vertrieb sie sich die Zeit mit einem Kartenspiel mit Seamus und Bianca, während sie sie darüber informiert wurde, was die letzten Sucherinnen erreicht hatten.

„Nach allem, was ihr mir erzählt, wird es kein leichter Weg sein", sagte sie seufzend und legte ihre Karten zusammen, nachdem sie ein weiteres Blatt an den grinsenden Seamus verloren hatte.

„Nun, wenn es einfach wäre, würde sich der Lohn der Arbeit auch nicht so großartig anfühlen, oder?", fragte Bianca. „Es hat etwas unheimlich Befriedigendes, wenn man weiß, dass man sich den Hintern aufgerissen hat, um etwas zu erreichen, und es dann auch bekommt. Es fühlt sich gut an, weißt du?"

„Da muss ich dir Recht geben." Gwen lächelte sie an. „Außerdem, wenn es einfach wäre, hätte man den Speer sowieso schon gefunden. Ich glaube nicht, dass wir einfach bei einem Spaziergang darüber stolpern werden."

„Das stimmt. Er wird gefunden, wenn er gefunden werden soll, es sei denn, die Domnua behalten die Oberhand", sagte Seamus, lehnte sich zurück und verschränkte die Arme über dem Kopf, wobei ihm ein Gähnen entwich.

„Warum ruht ihr beiden euch nicht aus? Es scheint, als hättet ihr einige lange Schichten hinter euch, um euch um mich zu kümmern. Ich bin sicher, dass Loch diesen Ort geschützt hat, so dass ihr euch ein wenig ausruhen könnt. Was mich betrifft, so werde ich mal kurz unter die Dusche springen, damit ich mich wieder wie ein Mensch fühle, und dann werde ich mich ebenfalls ausruhen. Morgen ist ein neuer Tag, um für das Wohl der Welt zu kämpfen", sagte Gwen.

Bianca lächelte, mit Freudengrübchen auf ihren Wangen. „Ich muss sagen, dass ich mich freue, mit einer Sucherin zu arbeiten, die eine genauso positive Einstellung hat wie ich selbst. Es hat keinen Sinn, sich über solche Dinge unnötig den Kopf zu zerbrechen. Wir werden es schon gemeinsam schaffen und jeden Tag nehmen, wie er kommt." Bianca nickte und damit war die Sache erledigt. Sie und Seamus standen auf, um die Matratze aus der Bettcouch zu ziehen. Mit Verspätung wurde Gwen klar – wenn sie das Schlafzimmer bekam und die beiden die Couch, wo würde Loch dann schlafen?

Der Mann schien nicht daran interessiert zu sein, Zeit mit ihr zu verbringen, geschweige denn mit ihr zu schlafen, dachte Gwen, als sie Bianca und Seamus eine gute Nacht wünschte und sich um ihr Gepäck kümmerte.

Beziehungsweise um dessen Abwesenheit, dachte

Gwen, während sie ihren Blick durch den Raum schweifen ließ, bis er auf der zerrissenen Strickjacke landete, die sie früher getragen hatte. Zusammen mit ihren zweckdienlichen Stiefeln, der Hose, dem T-Shirt, dem Trägerhemd und der Unterwäsche war ihre Garderobe damit komplett. Als sie ihre Handtasche entdeckte, widmete sie Bianca ein stilles Dankgebet, weil sie daran gedacht hatte, sie auf dem Weg dorthin, wo Loch sie versteckt hatte, mitzunehmen. Sie hob sie auf und kramte darin herum, bis sie ihren Kamm und eine kleine Tube Lippenbalsam fand. Sie war nie eine gewesen, die viel Make-up trug, und es ging ihr eigentlich nur darum, die Masse an Haaren zu entwirren, die gerade einen Knoten auf ihrem Kopf bildeten.

„Das ist dann wohl alles für dich, Gwennie. Du musst einfach deine Unterwäsche auf links drehen und dir vielleicht unterwegs noch ein oder zwei neue Sachen besorgen", murmelte Gwen vor sich hin, zog sich aus und hängte ihre Kleidung an einen Haken neben der kleinen Dusche. Sie betete um warmes Wasser, löste ihr Haar und wartete. Als eine Dampfwolke über die Glastür zog, schickte sie ein leises Dankeschön nach oben.

Dankbar für einen Moment der Ruhe trat Gwen unter den Wasserstrahl, ließ ihn über ihren Kopf laufen und schloss einfach die Augen, während sie von der Wärme eingehüllt wurde. Sie stützte sich mit den Händen an der Wand ab, war so glücklich wie sie in diesem Moment nur sein konnte, und dachte über all die Ereignisse nach, die sich an diesem Tag zugetragen hatten. Obwohl die meisten Frauen wahrscheinlich Angst gehabt hätten, wenn ein Rudel böser Feen hinter ihnen her wäre, konnte Gwen nicht umhin, fast so etwas wie freudige Erregung in sich aufsteigen zu spüren.

Ausnahmsweise war ihr Leben mal interessant. Nicht, dass sie unzufrieden gewesen wäre – oh nein, sie liebte ihr Leben. Aber es war vorhersehbar und verlief in geregelten Bahnen, und das hier... nun, das hier war etwas Faszinierendes und Neues mit allerlei Drehungen und Wendungen und all der wunderbaren Magie, über die es etwas zu lernen gab. Ja, es war schwer, nicht begeistert zu sein, dachte Gwen und begann zu summen, während sie mit dem Kamm durch ihr Haar fuhr, glücklich genug, um zu singen – wenn auch leise –, während sie mit einem besonders komplizierten Knoten in ihrem Haar kämpfte.

Gwens Stimme, ein Geheimnis, das sie nur mit ihrer Oma teilte, erfüllte die kleine Duschkabine. Die satten Töne hallten zu ihr zurück und erfüllten sie wie immer mit Freude. Sie weckten in ihr ein Verlangen nach etwas, das sie noch nicht ganz verstand, aber ach so verzweifelt ersehnte.

Und als die Armbänder an ihren Handgelenken zu singen begannen – passend zu ihrem Lied, Klänge von fast ohrenbetäubender Schönheit – wurde sie plötzlich von einem Verlangen gepackt, das voll und kraftvoll in sie eindrang, so dass sie sich an die Seite der Duschtür klammern musste und beinahe zu Boden fiel, während sie von Wellen der reinsten Lust durchflutet wurde, die eine nach der anderen kamen.

Gwen konnte nur nach Luft schnappen und sich festklammern, während sie die Lust in ihre Schönheit und Qual hinabzuziehen drohte und ein uraltes Verlangen nach Intimität und Liebe in ihr aufstieg und sie durchströmte.

Die Tür zum Badezimmer flog auf. Blaue Augen trafen auf gelbbraune, und Gwen hob herausfordernd ihr Kinn.

Dann ließ sie sich gegen die Duschwand sinken, als Loch fluchte, die Tür hinter sich zuschlug und ging, während die Lust immer noch in kleinen Schüben durch ihren Körper zuckte. Gwen hatte keine Ahnung, was gerade mit ihren Armbändern passiert war, aber sie war sich nicht sicher, ob sie einen weiteren Rausch wie diesen, was auch immer es war, überleben würde.

Zitternd blickte sie auf ihre Handgelenke.

„Kein Singen mehr, Gwen."

14

„Geht es ihr gut? Was war das?", fragte Bianca in dem Moment, als Loch aus dem Badezimmer kam.

„Es geht ihr gut. Mehr als gut, das verspreche ich dir", sagte Loch und ging aus dem Schlafzimmer in den Hauptraum.

„Dieses Lied... wow", sagte Seamus hinter Bianca und fuhr sich mit den Händen durch die Haare, die ihm bereits zu Berge standen. Sein Gesicht war errötet und seine Augen wanderten immer wieder zu Bianca, und Loch wusste genau, was ihm durch den Kopf ging. Es war das, was ihm selbst durch den Kopf ging.

„Ich warte draußen. Lasst sie nicht singen. Habt ihr verstanden?" Loch hoffte, dass sein Blick gefährlich genug aussah, um die beiden einzuschüchtern und seine Befehle zu befolgen. Ihrem kleinlauten Nicken nach zu urteilen, hatte es funktioniert. Loch fluchte erneut und stürzte sich aus der Hütte nach draußen, wo ein sanfter Sprühregen seine brennende Haut kühlte.

Er musste sie berühren, mit jeder Faser seines Seins.

Er zwang sich, seine Libido zu zügeln, während er über das Land streifte, indem er einen Zauber auf sich selbst anwendete – die magische Version einer kalten Dusche.

Er war draußen gewesen, hatte stoisch die äußeren Grenzen seines magischen Schutzwalls abgeschritten und alles sorgfältig überprüft, als das Lied ertönte und direkt in sein Herz, seine Lenden, in jede Zelle seines Körpers eindrang. Loch konnte nicht einmal sagen, wie er so schnell zu ihr gekommen war. Es war, als hätte ihn das Lied blind durch das Haus getragen, bis er sie gefunden hatte.

Loch presste den Kiefer zusammen, als ihr Bild in seinem Kopf auftauchte, und seine Finger krümmten sich im Bedürfnis, sie zu berühren.

Oh, sie war schöner, als er es sich je vorgestellt hatte. Loch war jetzt dankbar für die schludrige Art, wie sie sich kleidete, denn wenn Gwen auch nur die geringste Ahnung davon gehabt hätte, ihren Körper elegant zu kleiden – nun, dann hätte nach Lochs Meinung kein Mann eine Chance gehabt. In der Dusche waren die Wassertropfen auf sie herabgefallen und über ihren üppigen Körper gelaufen – über ihre Kurven an genau den richtigen Stellen, über ihre Elfenbeinhaut, die rosa war vom Dampf. Und noch etwas anderes hatte sie erröten lassen – ein Entzücken, das seinen Ursprung nicht nur in ihrem Lied hatte, sondern von irgendwo tief in ihrem Inneren kam. Als sie ihr Kinn gehoben hatte, um ihn herausfordernd anzublicken, mit ihren riesigen blauen Augen, sanft keuchend – wie eine Frau, die zum ersten Mal wahres Vergnügen erlebte – hatte es Lochs ganzes Training und seine berüchtigte Selbstkontrolle gekostet, sie zu verlassen.

Er hatte sich nichts sehnlicher gewünscht, als in die

Dusche zu steigen und seine Hände um ihren Haarschopf zu schlingen, der sich feucht bis fast zu ihrer Taille kräuselte, sie an sich zu ziehen, bis seine Lippen diesen Mund schmecken konnten, der darum bettelte, geküsst zu werden. Seine Finger hatten sich danach gesehnt, sie zu berühren, seine Lippen, sie zu schmecken und sein Körper das einzufordern, was ihm – wie er nun wusste – zustand.

Loch ballte die Fäuste und fuhr mit der Überprüfung der Umgebung fort, wobei er seine Gedanken von der fordernden Schönheit einer nackten und köstlich nassen Gwen ablenken musste. Es würde seine letzten Reserven an Selbstkontrolle auf die Probe stellen, sie auf dieser Suche zu beschützen und sie vor Schaden zu bewahren.

Er war sich nur nicht mehr sicher, vor wem er sie eigentlich beschützte. Vor den Domnua – oder vor ihm selbst.

15

Gwen blieb in der Dusche, bis das heiße Wasser ausging, und selbst dann blieb sie noch einen Moment länger, ließ zu, dass sich ihre Haut in der Kälte zusammenzog und hoffte inständig, dass der Schock des eisigen Wassers die Gefühle der Lust, die sie noch immer zu übermannen drohten, unterdrücken würde.

Was zum Teufel war geschehen? Es war nicht das erste Mal, dass sie unter der Dusche gesungen hatte, aber so etwas war noch nie zuvor passiert. Es musste an ihren neuen Armbändern liegen, mutmaßte Gwen, als sie schließlich die Duschkabine verließ und vorsichtig das Handtuch aufhob, das sie auf die Toilette gelegt hatte. Sie zuckte zusammen, als die weiche Baumwolle ihre Haut berührte, und zwang sich, nicht aufzustöhnen, während sie sich abtrocknete, denn die Berührung des Stoffes ließ neue Lustgefühle in ihr aufsteigen.

Wenn das irgendwelche Lustarmbänder waren, war Gwen sich nicht sicher, ob sie sie wollte. Das lenkt ab, dachte sie, während sie sich schnell anzog und das Hand-

tuch um ihre Haarpracht wickelte. Leise öffnete Gwen die
Tür und trat in das Schlafzimmer hinaus. Die Tür war nun
geschlossen, und eine kleine Lampe neben dem Bett spendete das einzige Licht. Ein leises Kichern und die unver-
kennbaren Geräusche der Lust ertönten aus dem
Hauptraum, und Gwen errötete, weil sie schnell begriff,
was Seamus und Bianca trieben. Hatte ihr Lied das mit
ihnen gemacht?

Ganz sicher hatte es etwas mit ihr selbst gemacht.

Gwen setzte sich auf den Rand des Betts und sah auf
die Armbänder hinab, die im Licht der Lampe matt schimmerten. Sie fühlte sich seltsam wach, auf eine Art, wie sie es
vorher nie gewesen war – beinahe so, als ob sie weiblicher
oder stärker war. Als Loch ins Bad gestürmt war, hätte sie
vor Empörung aufschreien sollen. Stattdessen hatte sie das
Kinn gehoben und den Mann geradezu eingeladen, zu ihr
unter die Dusche zu kommen. Einen quälenden Moment
lang hatte sie gedacht, Loch würde sich ihrer Herausforderung stellen, aber dann hatte er das Klügste getan und war
hinausgestürmt. Gwen nahm ihm das nicht im Geringsten
übel. Es gab keinen Grund für sie, Arbeit und Vergnügen
zu vermischen. Vor allem, wenn man bedachte, dass sie
noch unberührt war. Es war besser, wenn sie diese spezielle
Lebenserfahrung nicht ausprobierte, wenn das Schicksal
der Welt in ihren Händen lag.

Oder war es der perfekte Zeitpunkt? Eine kritische
Stimme meldete sich in ihrem Kopf, und sie rollte mit den
Augen, lehnte sich auf dem Bett zurück und verschränkte
die Arme hinter ihrem Kopf. *Du könntest auf dieser Suche
sterben – willst du sterben, ohne die Freuden der Intimität
gekannt zu haben?* Gwen seufzte noch einmal, verdrängte

die Stimme und wandte ihre Gedanken stattdessen dem Singen zu.

Musik war schon immer ein Teil ihres Lebens gewesen, und sie hatte sich schon in jungen Jahren zu ihr hingezogen gefühlt. Für die Iren war es nicht unüblich, ein Instrument zu spielen oder zu singen. Musiksessions im Pub waren an der Tagesordnung. Gwen war sich ziemlich sicher, dass die meisten Leute in ihrem Dorf entweder ein Instrument spielten oder gelegentlich ein Lied sangen – beides tat Gwen nicht. Die Dorfbewohner hatten es als Schüchternheit abgetan und Gwen irgendwann nicht mehr gedrängt, an ihren Sessions teilzunehmen. Stattdessen verkroch sie sich in eine Ecke, bewegte ihre Lippen zu den Liedern und wippte mit dem Fuß im Takt.

Sie konnte sich nicht mehr genau an den Vorfall erinnern, der sie davon abgehalten hatte, jemals in der Öffentlichkeit zu singen – ja, sie hatte ihn wahrscheinlich verdrängt, dachte Gwen –, aber sie erinnerte sich daran, dass es das einzige Mal gewesen war, dass ihre Oma sie jemals angeschrien hatte. Danach war Gwen bestraft worden und hatte schwören müssen, nie wieder zu singen, außer unter der Aufsicht ihrer Großmutter. Und so behielt Gwen ihre Stimme für sich, weil sie wusste, dass irgendetwas mit ihr nicht stimmte, und sang nur noch in Omas Nähe. Wenn sie sang, lächelte ihre Oma und sagte ihr, wie schön es war – aber immer erst, nachdem sie Gwen das Versprechen abgerungen hatte, niemals vor anderen zu singen.

Da dies das einzige Versprechen war, das ihre Großmutter jemals von ihr eingefordert hatte, hielt sie sich daran.

Jetzt fragte sie sich, was passiert war und was Oma wusste – und was andere Leute hörten, wenn sie sang. Für sie klang es ganz hübsch, aber nach allem, was sie wusste, konnte es sich auch wie das Zischen von Schlangen anhören.

Gwen betrachtete noch einmal ihre Armbänder und erlaubte sich schließlich, an das zu denken, wovon sie sich absichtlich hatte ablenken wollen – den Ausdruck sehnsüchtigen Verlangens in Lochs Gesicht, als er sie gesehen hatte.

Gwen drehte sich um und drückte das Kissen fest an sich. Oh, ein Teil von ihr hatte sich immer heimlich gewünscht, dass ein Mann sie so ansah – als würde er sie mit einem Bissen verschlingen wollen. Gwen stellte sich vor, dass er das wahrscheinlich könnte, so groß wie er war. Ihre Gedanken glitten auf gefährliches Terrain ab, während sie an seine Größe dachte, und ihr ganzer Körper errötete erneut vor Hitze. Lochlain war gefährlich durch und durch, und das sollte sie sich merken.

Doch diese neue Gwen hatte keine Angst mehr vor der Gefahr.

„Also, will jemand darüber reden, was letzte Nacht passiert ist?", fragte Bianca am nächsten Morgen nach einem Frühstück mit Haferflocken und Obst, bei dem jeder Versuch, ein Gespräch zu führen, auf eine Mauer des Schweigens gestoßen war.

Gwen verschluckte sich an dem Stück Apfel, das sie gerade aß, und ignorierte dabei geflissentlich die massige Präsenz von Loch, der ihr am Tisch gegenübersaß. Aber der Mann schien eine Energie zu versprühen, als würde er vor kaum zu bändigender Kraft knistern. Es war fast schon anstrengend, ihn zu ignorieren.

„Alles in Ordnung, Tiger?", fragte Seamus und klopfte ihr fröhlich auf den Rücken. Natürlich war er gut drauf – schließlich hatte er letzte Nacht seinen Spaß mit Bianca gehabt.

„Ähem. Ja, alles gut", sagte Gwen, räusperte sich und weigerte sich, Loch anzuschauen.

„Ich meine, komm schon!", rief Bianca aus, griff nach ihrer leeren Schüssel und ging zum Waschbecken, um sie abzuwaschen. „Es war wie eine Naturgewalt – eines der tiefsten und schönsten Lieder, die ich je gehört habe. Ich konnte mich kaum beherrschen und wäre am liebsten hineingerannt, um dir zuzuhören. Jemand anderes hat es allerdings getan."

Gwen errötete, als sie spürte, wie ihr wieder heiß wurde, während sie daran dachte, wie sie Loch am Abend zuvor herausgefordert hatte – und abgewiesen worden war.

„Ja, das habe ich. Und ich entschuldige mich dafür", sagte Loch. Er räusperte sich und nickte knapp in ihre Richtung. „Das war ziemlich unhöflich von mir."

„Ach... das ist schon in Ordnung. Alles gut. Egal", stotterte Gwen und schob sich einen Löffel Haferflocken in den Mund, um zu verhindern, dass noch mehr aus ihr heraussprudelte.

„Ist etwas passiert?", fragte Bianca, die Hände in die Hüften gestemmt. „Auf keinen Fall ist etwas passiert. Du warst auf der Stelle wieder raus. Keine Zeit. Es sei denn, er hat dich geküsst. Hat er dich geküsst?" Bianca sah zwischen den beiden hin und her. Ihr Kopf bewegte sich wie der eines Schiedsrichters bei einem Tennismatch.

„Nein!" rief Gwen aus. Konnte es noch peinlicher werden?

„Warum nicht? Ich hätte sie fast selbst geküsst. Das ist eine mächtige Stimme, die du hast", sagte Seamus.

Gwen sah Bianca kurz an, um zu sehen, ob sie eifersüchtig war, aber die Blondine nickte nur zustimmend. „Das ist wahr, Gwen. So etwas habe ich noch nie gehört. Du könntest berühmt sein! Hast du schon mal daran gedacht, professionell zu singen?"

„Das würde ich nicht empfehlen", sagte Loch.

Bianca drehte sich um und sah ihn an, während sie Seamus' Schüssel vom Tisch abräumte. „Und warum nicht? Du hast es doch selbst gehört. Es ist unglaublich."

„Ich würde es nicht tun. Ich habe meiner Oma versprochen, nicht zu singen", unterbrach Gwen kopfschüttelnd, um Lochs Antwort nicht hören zu müssen.

„Und warum ist das so?", fragte Bianca. „Die Frau kann nicht recht bei Verstand sein, wenn sie dir sagt, du sollst nicht singen."

„Ich bin mir nicht ganz sicher. Ich erinnere mich nicht mehr an alle Einzelheiten, aber nach dem, was Oma mir erzählt hat, gab es ein Vorfall, als ich noch ein Kind war. Ich sang und zeitgleich gab einen kleinen Autounfall auf der Straße, die ich entlangging. Es kam zwar niemand ums Leben, aber es waren mehrere Fahrzeuge beteiligt, so dass ich Oma versprechen musste, nicht zu singen. Sie sagte, dass es für manche Leute ablenkend sein könnte. Seitdem habe ich Angst, wieder jemanden verletzen zu können, also singe ich normalerweise nur leise vor mich hin. Ich bin mir nicht sicher, warum es überhaupt so laut geworden ist, um ehrlich zu sein. Ich glaube, es liegt an denen hier." Gwen hielt die Armbänder hoch.

„Glaubst du, sie haben deine Stimme verstärkt?", fragte Bianca und legte den Kopf schief, während sie die Armbänder studierte.

„Sie haben ihre Macht freigesetzt", brummte Loch schließlich. Alle hielten inne und starrten ihn an.

„Aber die Sache mit den Eissplittern habe ich vorher schon herausgefunden, oder nicht?", fragte Gwen und begann sich darüber zu ärgern, dass der Mann eindeutig mehr über sie wusste als sie selbst. Es war kein angenehmes

Gefühl, dass jemand Geheimnisse über sie kannte, die sie noch nicht entdeckt hatte. Es machte sie regelrecht wütend.

„Und was verschweigst du uns noch, oh großer und bewundernswerter Zauberer?", fragte Bianca, wobei ihre Worte mit Sarkasmus getränkt waren.

Loch seufzte und lehnte sich zurück, um die Arme hinter dem Kopf zu verschränken, während er auf die hölzernen Dachsparren an der Decke starrte. Einen Moment lang war Gwen abgelenkt von der Art und Weise, wie sich sein Hemd über den Brustmuskeln spannte, und hätte beinahe überhört, was er als Nächstes sagte.

Beinahe.

„Gwen ist eine Sirene."

„E ine... eine Sirene", krächzte Gwen, wobei ihr Atem in einem großen Hauch der Überraschung aus ihrem Körper strömte.

Bianca quietschte vor Freude und rannte um den Tisch herum, um Gwens Schultern zu drücken.

„Eine Sirene! Das ist fantastisch! Ich wollte schon immer mehr über die Sirenen wissen. Siehst du? Ich habe dir gesagt, wie schön du bist, und du hast mir nicht geglaubt. Du bist eine verdammte Sirene! Die schönste, die es gibt! Dein Gesang kann jeden verzaubern. Oh, das ist so wunderbar. Kannst du noch mal singen? Ich würde es gerne hören und spüren, ob es mich genauso anzieht wie die Männer. Glaubst du, du könntest ihr widerstehen, Seamus? Was würde passieren? Moment mal... tötest du die Männer, nachdem du mit ihnen geschlafen hast?", sprudelte es aus Bianca heraus, die begeistert war über diese Neuigkeit.

Gwens Mund arbeitete und versuchte, Worte zu

formen, während ihr Gehirn sich weigerte, das eben Gehörte zu verarbeiten.

Eine Sirene. Die mythologischen Schönheiten der Tiefe, die Seeleute in den Tod lockten, dachte Gwen stumm. Die Vorstellung konnte dem, was sie selbst zu sein glaubte, nicht ferner sein. Ein Kichern entwich ihrem Mund. Es überraschte sie und sie schluckte ein weiteres hinunter, das ihm folgen wollte. Es war einfach alles zu ... unmöglich. Jahrelang war sie jemand gewesen, dem die Männer kaum Beachtung geschenkt hatten, und jetzt wollte Loch ihr weismachen, dass sie sie mit ihrem Aussehen und einem Lied auf ihr Sterbebett locken konnte?

Es war Wahnsinn.

„Es war ein schönes Lied und so – nichts für ungut, Gwen", sagte Seamus, dessen Wangen ein wenig erröteten. „Aber wenn es dir nichts ausmacht, würde ich nicht so gerne derjenige sein, der ausprobiert, ob ich ihm widerstehen kann oder nicht. Oder der kleine Teil danach, du weißt schon, wo sie die Männer in Stücke reißt, nachdem sie mit ihnen fertig ist."

Diesmal lachte Gwen, ein vollmundiges Lachen, das sie bis ins Mark durchschüttelte. Sie beugte sich vor und wischte sich Tränen aus den Augen.

„Ich denke, das ist wahrscheinlich eine kluge Idee, Seamus", sagte Loch trocken und behielt Gwen im Auge, während ihr die Tränen über die Wangen liefen.

„Da die hier gerade nicht reden kann, sag mir, was du über sie weißt. Das ist nur fair", forderte Bianca und zeigte mit dem Finger auf Loch. Gwen bewunderte die Tatsache, dass Bianca offensichtlich nicht von Lochlains Massigkeit eingeschüchtert war.

„Ich versuche selbst, mir einen Reim auf alles zu machen", seufzte Loch und stand auf, wobei er Gwen überraschte, indem er seine Schüssel zur Spüle trug, sie wusch und abtrocknete, während er sprach. Es war schön zu sehen, dass er den Abwasch nicht als Frauenarbeit betrachtete, dachte Gwen und es gelang ihr schließlich, das Lachen zu unterdrücken, als sie darauf wartete, dass er sprach. „Die Armbänder sind es, die mich verwirren."

„Was genau an ihnen? Ich habe gesehen, dass du die Schrift lesen konntest. Seamus, kannst du das auch?", fragte Bianca. Gwen hielt den Atem an, als Seamus ihr Handgelenk nahm, um das Eisarmband zu untersuchen.

„Nein, das kann ich nicht", sagte Seamus, nachdem er mit zusammengekniffenen Augen auf die in das gehämmerte Gold eingravierten Symbole geblickt hatte.

„Warum kannst du es dann?" Bianca drehte sich wieder zu Loch um.

„Er gehört zum Königshaus. Das bedeutet... sie wahrscheinlich auch", sagte Seamus und trommelte mit den Fingern auf den Tisch, während er darüber nachdachte. „Es gibt eine Sprache, die nur die königlichen Feen lernen, wenn Loch sie also lesen kann, bedeutet das, dass er königlich ist. Was ich interessant finde, ist, dass die königliche Familie sehr genau darauf achtet, wer diese Sprache beherrscht und wie sie verwendet wird. Dass Gwen Armbänder hat, auf denen die Sprache transkribiert ist, legt den Schluss nahe, dass sie ebenfalls königlich ist."

Zum zweiten Mal innerhalb weniger Minuten war Gwen sprachlos, während sie wieder einmal versuchte, eine

Idee zu verarbeiten, die ihr unbegreiflich war. Erst eine Sirene und jetzt auch noch königlich?

„Willst du damit sagen, dass ich eine Feenprinzessin bin?", sagte Gwen und die Worte endeten in einer höheren Tonlage, die alles in Frage stellte, was sie über sich selbst wusste.

„Ich denke schon, obwohl es schön wäre, wenn er es bestätigen könnte", sagte Seamus, und alle sahen zu Loch.

Sein flüchtiges Nicken brachte Bianca dazu, vor Freude zu quietschen und durch den Raum zu springen, um ihre Arme um Gwen zu legen.

„Königlich! Oh, das ist ja unglaublich!"

„Soll ich dich dann ‚Eure Hoheit' nennen?", fragte Seamus, verbeugte sich und brachte Gwen damit erneut zum Kichern.

„Genug", sagte Loch, dessen Stimme wie ein leises Knurren klang. Die Frustration, die sich dahinter verbarg, ließ das Gelächter am Tisch verstummen.

„Ach, komm schon, Loch. Es ist das Beste, diese Momente zu genießen. Jeden Moment könnten wir wieder im Kampf sein", sagte Bianca. „Ist das nicht der Sinn von all dem hier? Die hellen Momente im Leben zu genießen, um besser durch die dunkleren zu kommen?"

„Und während ihr über Märchenprinzessinnen gackert, mache ich mir Sorgen, dass sich die Zielscheibe auf Gwens Rücken nun vervierfacht hat. Die Domnua wissen, was diese Armbänder bedeuten. Wenn sie ein Mitglied der königlichen Familie töten können? Nun, das wäre eine große Motivation für sie. Sie werden sich unbesiegbar fühlen und noch größere Anstrengungen unternehmen. Die Hälfte dessen, was sie in Schach hält, ist ihre Angst.

Und wenn sie einen großen Sieg erringen, wie die Tötung einer königlichen Danula? Mich schaudert es, wenn ich daran denke, welche Schwierigkeiten diese Schlacht bringen wird."

„Was für eine Spaßbremse", murmelte Bianca.

Gwen lächelte sie an. Obwohl ihre Sorge beim Gedanken an die Domnua aufflammte, konnte sie die Begeisterung, die sie durchströmte, nicht übertreffen.

Eine Feenprinzessin, und eine Sirene noch dazu. Es würde eine Weile dauern, bis sie das alles verinnerlicht hatte, aber diese Informationen ließen sie ein wenig aufrechter auf ihrem Stuhl sitzen. Eine Prinzessin würde nicht zusammensacken.

„Ich hab mal eine Frage", sagte Gwen, wobei sie darauf achtete, Loch nur kurz anzusehen, bevor sie sich an Bianca wandte, die, wie sie gestern erfahren hatte, an der Universität in Dublin Führungen über keltische Mythologie und Geschichte gab. „Wenn eine Sirene einen Mann tötet, nachdem sie ihn angelockt hat – wie bin ich dann eigentlich entstanden? Oder ist mein Vater in den Armen meiner Mutter gestorben, nachdem er sie geschwängert hatte?"

„Das ist eine ausgezeichnete Frage. Denn mir scheint, dass Sirenen dafür bekannt waren, Männer zu töten – vielleicht um sich vorher mit ihnen zu paaren – aber selten, wenn überhaupt, überlebte es ein Mann, wenn sich eine Sirene an ihm verging. Letztendlich glaubt man, dass nichts Gutes dabei herauskommt, wenn man dem Ruf einer Sirene folgt", überlegte Bianca.

Gwen erinnerte sich an den Abend zuvor, als sie gesungen hatte, nicht wissend, was sie tat. Auch wenn es nicht mit Absicht geschehen war, hatte sie Loch instinktiv herausgefordert, als er durch die Tür gestürmt war.

Das bedeutete für sie zwei Dinge: Loch fühlte sich nicht wirklich zu ihr hingezogen – wie sie von Anfang an richtig vermutet hatte – und er war in der Lage, dem Ruf einer Sirene zu widerstehen.

„Muss das Lied der Sirene mit der Absicht gesungen werden, ein Opfer anzulocken?", fragte Gwen und vermied es vorsichtig, Loch anzuschauen. „Ich meine, kann ich jedes Mal, wenn ich singe, potenziell Menschen verletzen, oder muss ich die Absicht haben, sie zu verzaubern?"

„Ahhh, interessanter Gedanke. Wenn eine Sirene aus reiner Freude am Singen singt, lockt sie dann einen Mann an?", fragte Bianca, verschränkte ihre Finger und lehnte sich mit gerunzelter Stirn nach vorne über den Tisch, während sie nachdachte.

„Ich würde sagen, nein. Obwohl es ein sehr mächtiges Lied war, das du gestern Abend gesungen hast, konnte ich widerstehen, zu dir zu stürmen", sagte Seamus, seinen Blick auf Loch gerichtet. „Aber es war trotzdem mitreißend. Ich möchte nicht daran denken, was passieren würde, wenn du mit einer Absicht singen würdest. Und Loch hat sich zu dir hingezogen gefühlt, aber dann widerstanden. Ich denke also, du hast nicht die volle Wucht entfaltet, wenn du so willst."

„Eine Halbsirene", sagte Loch fast abwesend, während er an seinem Tee nippte. „Eine Halbblüterin. Es wird interessant sein, zu sehen, wo ihre Kräfte liegen. In den Büchern habe ich davon noch nichts gelesen, aber ich habe jetzt eine Richtung, in die ich forschen kann. Ich komme wieder."

Damit machte er sich davon und ließ alle hinter ihm herstarrend zurück.

„Ich kann mich nicht entscheiden, ob ich gerade beleidigt wurde oder nicht", sagte Gwen und rümpfte angewidert die Nase.

„Kümmere dich nicht um ihn. Er ist einfach in dich verliebt und das gefällt ihm nicht", beruhigte sie Bianca.

Gwen lachte. „Keine Chance. Der Mann hat mich nackt gesehen und meinen angeblichen ‚Sirenengesang' gehört, und hat sich trotzdem nicht verführen lassen. Ich denke, man kann mit Sicherheit sagen, dass er nicht interessiert ist."

18

Es ärgerte sie ein bisschen, vielleicht mehr, als sie zugeben wollte, dachte Gwen, als sie aus dem Fenster des militärisch anmutenden Geländewagens starrte, in den Loch sie alle kurz nach dem Frühstück verfrachtet hatte. Nicht, dass sie eine Beziehung mit einem Mann wie Loch wollte, aber sie wäre eine Lügnerin, wenn sie behaupten würde, dass ihre Gedanken nicht in diese Richtung schweiften. Der Mann war einfach zu gutaussehend, obwohl seine Einstellung noch verbesserungswürdig war. Nachdem er beim Frühstück davongestürmt war, war er zurückgekommen und ohne ein weiteres Wort darüber zu verlieren, dass sie eine Prinzessin oder Sirene war, waren sie losgefahren, durch eine Landschaft, die so gut wie leer war. Sie fragte sich, wo sie waren, beschloss aber, dass Schweigen im Moment die beste Wahl war.

„Bist du bei deinen Nachforschungen auf irgendetwas gestoßen, oh weiser Mann?", fragte Bianca Loch vom Rücksitz aus, wo sie und Seamus saßen. Gwen biss sich auf die Lippen, um nicht zu grinsen, und richtete ihren Blick stattdessen durch das Fenster auf die Landschaft draußen.

„Ich warte noch auf die Antworten von ein paar Kontaktpersonen. Aber soweit ich herausfinden konnte, sind Halbsirenen, besonders von königlicher Abstammung, höchst ungewöhnlich. Ich bin mir nicht sicher, was das bedeutet, aber da Gwen die Armbänder geschenkt wurden, kann ich zumindest davon ausgehen, dass sie von der Feenseite ihrer Familie willkommen geheißen wurde. Wäre sie ausgestoßen worden, hätte sie niemals ein solches Geschenk erhalten."

Gwen blickte auf ihre magischen Armbänder hinunter und sah sie in einem neuen Licht. Sie waren eine Verbindung zu ihrer Familie – ein Zeichen der Akzeptanz und Liebe. Auch wenn sie sich nie vernachlässigt oder ungeliebt gefühlt hatte, war es doch schön zu wissen, dass sie zusätzliche Unterstützung von ihrer unbekannten Familie hatte.

„Und der Sirenenzweig in meiner Familie?", fragte Gwen und sah Loch an. Heute trug er wieder seine Lederkluft und Gwen lief das Wasser im Mund zusammen, als sie ihn ansah. Schade, dass er nicht für sie bestimmt war – wenn ein Mädchen unbekanntes Terrain erkunden wollte, wäre er der Richtige dafür. Obwohl sie, um ehrlich zu sein, nicht sicher war, ob es für sie der klügste Schritt wäre, ihren Fuß auf dieses Gebiet zu setzen. Sirene oder nicht, sie war unerfahren, und ein Mann wie Loch würde ihre stümperhaften Versuche wahrscheinlich nicht dulden. Er schien eher der Typ zu sein, der gerne das Kommando übernahm oder es ohne Umschweife mit seiner Frau trieb, während sie eine Peitsche oder so etwas hielt. Gwen rollte mit den Augen über ihre lebhafte Fantasie, schüttelte den Kopf und konzentrierte sich wieder auf die Landschaft, die am Fenster vorbeizog.

„Der Teil mit den Sirenen ist die große Unbekannte. Die Feen geraten nicht unbedingt mit den Sirenen aneinander, aber sie haben auch nicht besonders viel mit ihnen zu tun. Offenbar haben beide Gruppen stillschweigend beschlossen, einen großen Bogen umeinander zu machen. Ich glaube, dass die Sirenen über beträchtliche Kräfte und Magie verfügen, aber ich kann euch nicht sagen, wie ihre Gesellschaft organisiert ist, was ihre typischen Paarungsrituale sind und so weiter. Ich finde es faszinierend, dass einer unserer Könige sich mit einer Sirene eingelassen hat – selbst ich würde es besser wissen als das nicht tun."

Ich wusste es, dachte Gwen und nahm ihm seine Worte auf unerklärliche Weise übel. Zugegeben, sie würde wahrscheinlich auch jedem raten, sich von einer Sirene fernzuhalten. Aber nun wusste sie, dass es ihr Volk und sie eine halbe Sirene war, also störte es sie.

„Schon klar. Man sollte sich bloß nicht mit Abschaum wie uns sehen lassen", sagte Gwen trocken und nahm einen Schluck aus der Wasserflasche, die auf ihrem Schoß lag, um den Kloß in ihrem Hals zu befeuchten.

„Eure Rasse ist eine Unbekannte. Sicher, es gibt viele Mythen und Legenden, aber in Wirklichkeit seid ihr unerprobte Magie. Am besten ist es, wenn man das Chaos nicht heraufbeschwört und sich voneinander fernhält – so können beide Gesellschaften in Frieden leben", sagte Loch vorsichtig.

„Leben und leben lassen?", fragte Bianca.

„Ganz genau. Es ist weder gut noch schlecht; es ist einfach so."

„Also ist die Unbekannte hier wirklich meine Mutter. Die Sirene selbst", sagte Gwen vorsichtig, die Worte erprobend. Ihre Mutter. Sie hatte sich einfach damit abgefunden, nicht viel über das Thema zu wissen. Und nachdem sie diese Entscheidung getroffen hatte, hatte sie ihren Frieden damit gemacht.

„Zweifellos. Es muss einen Grund geben, warum sie dich weggegeben hat – vielleicht konntest du als Halbblut nicht im Wasser leben, wie sie es tun", überlegte Loch.

Gwen versuchte, sich von dem Begriff „Halbblut" nicht stören zu lassen. Es klang einfach etwas abwertend, das war alles.

„Ich meine, würden sie ihre Kinder töten? Oder Kinder, die nicht rein sind? Moment mal – sind nicht alle Sirenen Frauen? Wie pflanzen sie sich dann fort? Und sie müssten doch einige ihrer Kinder behalten, oder?", überlegte Bianca.

Gwen drehte sich um und zog eine Augenbraue hoch.

„Das ist tatsächlich ein sehr interessanter Punkt. Wie sichern die Sirenen den Fortbestand ihre Rasse? Und wenn es keine Männer gibt, wie pflanzen sie sich fort?" Gwen dachte darüber nach und stellte sich dann eine Gesellschaft männlicher Sirenen vor, worüber sie kichern musste. „Kannst du dir männliche Sirenen vorstellen? Sie würden den Frauen am Ufer etwas vorsingen, und die Frauen würden sagen: ‚Nein danke, kein Bedarf.'"

„Aber wir haben Pizza und Videospiele", scherzte Bianca, und sie und Gwen brachen in Gelächter aus.

„Und behaarte Brüste", fügte Seamus hinzu und brachte sie damit noch mehr zum Lachen.

„Obwohl ich Pizza und Videospiele wahrscheinlich

überzeugender finden würde, um ehrlich zu sein", gab Gwen zu, und Seamus begann sofort, sie mit Fragen über ihre Lieblingsvideospiele zu löchern. Eine Stunde verging, und bald merkte sie, dass sie sich der Küste näherten, obwohl es ihr schwerfiel zu erklären, woher sie das wusste. Sie spürte es instinktiv – sie waren in der Nähe des Wassers. Vielleicht war es angeboren.

„Wo sind wir?", fragte Gwen und drehte sich um, um Loch anzusehen.

„An der Westküste. Ich habe von Sirenen in diesen Gewässern gehört, also dachte ich, wir könnten genauso gut in diese Richtung fahren. Es sei denn, du hast eine bessere Idee oder einen bestimmten Hinweis?"

„Nur der Hinweis, der mit den Armbändern kam."

Bianca tippte Gwen auf die Schulter und sagte laut flüsternd: „Es wäre sehr hilfreich gewesen, davon zu wissen."

„Richtig, richtig. Das tut mir leid." Gwen errötete und kramte das Papier aus ihrer Handtasche. „Feuer und Eis, Lied für Lied, Tag für Nacht, so folget nach."

„Ohhh, wie schön", hauchte Bianca.

„Ich denke, wir können davon ausgehen, dass ‚Lied für Lied' etwas mit Sirenen zu tun hat", sagte Seamus.

„So wie wahrscheinlich ‚folget nach'. Folgt dem Lied der Sirene", sinnierte Bianca.

Gwen hielt ihre Handgelenke hoch, so dass ihre Armreifen zu sehen waren.

„Feuer und Eis?"

„Hmm. Ich habe von einem Ort hinter den Aran-Inseln gehört, an dem es sowohl flüssige Lava als auch einen Wasserfall aus Eis geben soll. Niemand weiß genau, wo er sich befindet", sagte Loch.

„Aber du schon?"

„Ja, ich glaube, es ist weit hinter den Aran-Inseln."

„Meinst du, es ist eine Metapher für die beiden Rassen? Feuer für die Feen und Eis für die Sirenen? Verschmelzen sie zu einer Einheit?", fragte Gwen, und das Auto verstummte.

„Das ist ... kein schlechter Gedanke. Ich glaube, wir müssen uns ein Boot besorgen", sagte Loch.

„Können wir nicht einfach mit der Fähre zu den Inseln fahren?", fragte Bianca.

„Und riskieren, Domnua vor den Augen der Touristen zu töten? Du musst wissen, dass sie uns auf die Probe stellen werden, sobald wir verwundbar sind", sagte Loch und zog sein Handy heraus, um mit einer Hand eine Nummer einzutippen. Er sprach in einer Sprache, die Gwen nicht kannte, und war nach wenigen Augenblicken wieder weg vom Telefon.

„Alles klar. Meine Damen, ich hoffe, Sie verfügen über gute Seebeine. Es wird eine raue Überfahrt werden."

Loch hatte nicht gelogen, dachte Gwen, als sie eine Weile später zu einer kleinen Bucht fuhren, die hinter einigen Unheil verkündenden Hügeln lag. Obwohl sie unbedingt ihr Telefon benutzen wollte, um mehr Informationen über die Sirenen zu erhalten, hatte Bianca es ihr verboten. Es hatte wohl etwas damit zu tun, dass die bösen Feen in der Lage waren, Elektronik leicht aufzuspüren. Das ärgerte sie, aber sie akzeptierte es. Das Letzte, was Gwen wollte, war, sich auf dieser Suche noch mehr Ärger einzuhandeln.

„Das ist dein Boot, nehme ich an?", fragte Bianca und zeigte auf eine Jacht, die an einem kleinen Steg vertäut war, während die Wellen gegen ihren glänzenden roten Rumpf schlugen.

„Ja", antwortete Loch und brachte den Wagen zum Stehen.

„Schön. Weißt du, wie man das Ding fährt?", fragte Gwen, als sie alle ausstiegen und begannen, den Geländewagen zu entladen.

„Ja", sagte Loch erneut, dieses Mal mit einem großen Seufzer.

„Oooookay", knurrte Gwen ihn fast an, zwang sich dann aber, ihr Temperament zu zügeln. Sie war ein glücklicher Mensch – Wut hat sie noch nie weitergebracht, und das würde sie auch jetzt nicht tun. Sie beschwor ihr inneres Zen herauf und half, Taschen und Rucksäcke aus dem Geländewagen zum Dock zu bringen, obwohl noch niemand einen Fuß auf das Boot gesetzt hatte. In wenigen Augenblicken hatte sich ihre Wut verflüchtigt, und sie war wieder in fröhlicher Verfassung.

So fröhlich sogar, dass sie sich selbst vergaß und begann, leise vor sich hin zu singen, wobei sie ihr Gesicht in die Brise steckte, die an der felsigen Küste entlangstrich, und den feinen Nebel in der Luft genoss. Es war kein perfekter Frühlingstag, aber Gwen liebte das Meer in all seinen Stimmungen.

„Gwen! Nein!"

Gwen kam schlagartig aus ihrem Tagtraum zurück und wirbelte herum, um zu sehen, wie eine Welle von Domnua über die Hügel strömte, diesmal auf Pferden, mit Armbrüsten im Anschlag und Pfeilen, die bereits durch die Luft flogen. Sie hatte nur einen Moment Zeit, um tief durchzuatmen, bevor sie vom Boden aufgehoben wurde und sich in Lochs Armen wiederfand. Seine breiten Schultern schützten sie, während er einem Pfeil nach dem anderen auswich und dabei Pirouetten drehte wie ein Balletttänzer. In Sekundenschnelle war sie in einer Koje unter Deck abgesetzt worden, mit dem knappen Befehl, an Ort und Stelle zu bleiben.

„Den Teufel werde ich tun", sagte Gwen und starrte auf die Tür, als sie von draußen leise Rufe hörte. Sie stand auf, griff nach dem Türgriff und zerrte daran. Einmal, zweimal, und dann ein drittes Mal. Als sie merkte, dass sie eingeschlossen war, fluchte Gwen laut und zog ihre Armbänder zurück, um Eis auf das Schloss zu schießen, ohne sich darum zu kümmern, welchen Schaden sie dem Boot zufügen könnte. Dann schrie sie frustriert auf, als das Eis auf eine undurchdringliche Barriere aus Magie traf und zu ihren Füßen zerschellte.

Wütend ließ sich Gwen auf das Bett fallen und wartete. Sie betete, dass ihr unvorsichtiges Handeln niemanden das Leben kosten würde.

19

„Es tut mir leid", sagte Gwen und sprang vom Bett auf, als sich die Tür öffnete. Loch stand da und seine riesige Gestalt füllte die schmale Tür aus. Seine Brust hob und senkte sich noch immer vor Erschöpfung vom Kampf. „Sind alle in Sicherheit?"

„Ja, wir sind in Sicherheit", sagte Loch, seine Augen immer noch auf die ihren gerichtet, bevor er sich umdrehte und wegging. „Dir verdanken wir das nicht."

Scham erfüllte Gwen. Er hatte Recht, auch wenn er nicht so gemein sein musste. Aber sie war auch nicht diejenige, die den Kampf hatte führen müssen. Sie stapfte ihm durch den engen Gang hinterher und kletterte die Leiter hinauf, um Seamus und Bianca zu finden, die die verbliebenen Vorräte auf das Boot luden.

„Es tut mir leid", sagte Gwen und eilte herbei, um Bianca eine Kiste abzunehmen, weil sie Angst hatte, dass ihre neue Freundin wütend auf sie sein würde.

„Wofür? Ich bin einfach froh, dass du in Sicherheit warst. Eine Sorge weniger", sagte Bianca und schenkte

Gwen ein sanftes Lächeln, während sie Seamus' Hand nahm und auf das Boot sprang.

„Fürs singen. Ich habe nicht nachgedacht. Ich hatte einfach gute Laune und fing an zu singen, wie ich es sonst immer tue, und... na ja, dann tauchten sie auf", sagte Gwen und wusste, dass ihr Gesicht vor Verlegenheit feuerrot sein musste.

„Du musst mehr nachdenken", sagte Loch, hob einige der Kisten auf einen Arm und schwang sich nach unten, um sie zu verstauen.

„Ich..." Gwen hielt sich selbst davon ab, ihm hinterher zu rufen. Die Schuldgefühle drehten ihr immer noch den Magen um.

„Hör nicht auf ihn. Er ist einfach ein großer Miesepeter. Die Domnua können und werden jeden Moment kommen. Ob du nun singst oder nicht. Sie jagen uns, und wir sind uns sehr wohl bewusst, auf was wir uns eingelassen haben", sagte Seamus und legte einen Arm um Gwens Schulter, um sie sanft zu drücken. „Es liegt nicht an dir, dass sie uns angegriffen haben. Es ist die Schuld der Domnua. Vergiss das nicht."

„Es ist wirklich nicht deine Schuld", fügte Bianca hinzu. „Lass dich von Loch nicht einschüchtern. Er macht das nur, weil er Angst hat, nicht rechtzeitig bei dir zu sein. Du weißt doch, wie Männer werden, wenn sie ihre Frauen beschützen wollen", sagte sie und lachte dann über den Ausdruck auf Lochs Gesicht, als er ihre Worte hörte.

„Ich bin nicht seine Frau", protestierte Gwen.

„Sie ist nicht meine Frau", stimmte Loch zu und warf Gwen einen Blick zu. „Ich weise nur darauf hin, dass sie mittlerweile wissen sollte, dass es besser ist, nicht zu singen

– vor allem, weil es eines der Dinge ist, mit denen wir das
Böse buchstäblich anziehen. Man sollte meinen, sie würde
vorsichtiger sein."

„Es war ein Fehler. Ein echter Fehler", sagte Gwen und
stellte sich vor Loch, so dass sie sich auf Augenhöhe begegneten. Nun, jedenfalls war das die Idee, denn er war so groß,
dass sie sich zurücklehnen musste, um zu ihm aufzuschauen.

„Wir haben keinen Platz für Fehler. Nicht, wenn du
willst, dass wir dich beschützen und dir helfen, deinen
Schatz zu finden", sagte Loch und seine Augen glühten
förmlich vor Wut.

„Ich habe dich nie darum gebeten, mich zu beschützen", zischte Gwen und stieß Loch zu seiner Überraschung
mit dem Finger auf die Brust. Es überraschte sie nicht, dass
sie auf eine Wand aus Muskeln traf, dieselbe, die sie schon
gespürt hatte, als er sie vorhin an seine Brust gedrückt hatte.

„Und ich habe nie darum gebeten, dich zu beschützen.
Es ist eine Bestrafung, okay?", schrie Loch beinahe. Gwen
wich unwillkürlich einen Schritt zurück, noch aufge-
brachter als zuvor. „Diese blöde Aufgabe ist mir völlig egal,
abgesehen von der Tatsache, dass sie mir erlaubt, Domnua
zu töten, was ich sehr gerne tue. Aber dich zu beschützen?
Ja, das ist nichts weiter als eine Bestrafung für mich. Also
mach dir das klar, bevor du das nächste Mal etwas so
Dummes vorhast, wie einen Berg von Domnua auf dich
herabzusingen und dabei fast auf der Stelle getötet zu
werden. Einige von uns sind nur hier, weil es unsere Pflicht
ist und aus keinem anderen Grund. Du hast kein Recht,
unser Leben aufs Spiel zu setzen."

Gwen hatte das Gefühl, dass ihr mit einem großen Zug

alle Luft weggesaugt worden war. Sie blieb keuchend zurück, als Loch losstürmte, die Bugleinen löste und den Motor anließ. Sie entfernten sich so schnell wie möglich vom Dock, um Abstand zwischen sich und dem Land zu bringen, wo noch Domnua herumstreunen konnten. Gwen drehte sich um und ging zum Bug des Bootes. Ihre Hände umklammerten die Reling, während sie auf die rauen Wellen hinausschaute und sich nicht um die salzige Gischt kümmerte, die ihr ins Gesicht schlug.

„Hier", sagte Bianca, stupste Gwen an und hielt ihr eine dampfende Tasse mit etwas hin, das sich als Tee mit einem Schuss Whiskey herausstellte.

„Danke", sagte Gwen und nahm vorsichtig die Tasse entgegen. Sie stützte sich mit einer Hand an der Reling ab, um sich festzuhalten und den Tee schlürfen zu können, ohne umzufallen.

„Lass dich nicht von ihm runterziehen", sagte Bianca, aber Gwen schüttelte den Kopf.

„Aber er hat recht. Ich war unvorsichtig. Und ich habe kein Recht, irgendjemanden von euch in Gefahr zu bringen, egal ob ihr zur Bestrafung hier seid, oder weil ihr einen Job erledigen müsst oder was auch immer. Ich sollte meinen eigenen Weg gehen und das allein erledigen. Das ist keinem von euch gegenüber fair", sagte Gwen, den Blick immer noch auf den Horizont gerichtet. Sie fühlte sich kraftlos.

„Klingt, als würdest du eine Art Selbstmitleidsparty veranstalten. Nicht unter meiner Aufsicht", sagte Bianca streng. Gwen drehte sich um und hob eine Augenbraue.

„Es läuft folgendermaßen, Süße. Seamus und ich? Wir sind dabei. Punkt. Wir kennen die Risiken, und wir haben in den letzten Monaten viele Schlachten geschlagen. Aber hier geht es um mehr als nur um uns. Wir kämpfen für das Gute – für das Leben, wie wir es kennen. Für all die Menschen da draußen, die nicht einmal wissen, dass sie in Gefahr sind. Babys, die geboren werden, Verliebte, die heiraten, Großmütter, die in ihren Strickrunden Tee trinken. Es geht um mehr als nur um dich oder mich oder sogar um Loch und seine Leute. Und weißt du was? Du hast dich auch nicht freiwillig hierfür gemeldet. Es wurde dir zugewiesen. Man könnte es auch als Bestrafung für dich sehen. Und doch hast du es als Herausforderung angenommen und der Gefahr fröhlich ins Gesicht gelächelt. Jetzt ist nicht die Zeit für eine Selbstmitleidsparty, meine Freundin. Ganz und gar nicht."

Gwen lächelte und berührte Biancas Schulter mit ihrer eigenen, wobei sie spürte, wie sich die Wahrheit ihrer Worte auf ihre Schultern legte. Sie nahm einen Schluck Tee und ließ sich von seiner Wärme erfüllen, während die salzige Gischt ihnen weiter ins Gesicht schlug.

„Danke. Du bist gut für mich, meine Freundin", sagte Gwen.

„Lass dich von Loch nicht unterkriegen. Im Ernst. Er ist nur aufgewühlt, weil du umzingelt warst und er Angst hatte, nicht rechtzeitig zu dir kommen zu können. Hast du gesehen, wie er dich auf seine Arme genommen hat, um dich vor den Pfeilen zu schützen? Mein lieber Schwan", schwärmte Bianca und brachte Gwen zum Lachen.

„Er ist ziemlich stark", stimmte Gwen zu. „Allerdings hat er die Tür mit einem Zauber belegt, um mich daran zu hindern, aus der unteren Koje zu kommen. Das hat mich wirklich wütend gemacht – ich konnte nur den Lärm des Kampfes hören und nicht helfen."

„Siehst du? Er wollte dich nur in Sicherheit bringen. Das kann man ihm nicht zum Vorwurf machen. Er ist es nicht gewöhnt, über seine Gefühle zu sprechen, das ist alles. Aber lass ihn nicht zu leicht davonkommen, Mädchen. Männer wie er sind es nicht gewohnt, sich zu entschuldigen. Er sollte schon ein bisschen angekrochen kommen", versicherte Bianca ihr und stieß mit dem Rand ihrer Tasse gegen Gwens.

„Oh, er braucht sich nicht zu entschuldigen. Es ist keine große Sache. Wirklich nicht. Und ich glaube auch nicht, dass er Gefühle für mich hat. Glaub mir, so ist es nicht", protestierte Gwen.

„Ich weiß, was ich sehe. Aber... wie Seamus sagt, mische ich mich manchmal zu sehr ein. Ich werde das hier einfach seinen Lauf nehmen lassen. Nun, es wird Zeit für mich, wieder reinzugehen, raus aus der Gischt und dem Wind. Was ist mit dir?"

„Ich trinke noch meinen Tee hier draußen aus und komme dann rein", sagte Gwen und streckte spontan ihren Arm aus, um ihre Freundin zu umarmen. „Danke für das Gespräch. Ich habe es gebraucht. Ich fühle mich jetzt viel klarer."

„Dafür bin ich doch da!"

20

Gwen verhielt sich während der Vorbereitungen und der Mahlzeit ruhig und bot ihre Hilfe an, wann immer sie konnte. Es kostete sie viel Willenskraft, Loch zu ignorieren. Eigentlich war sie nicht nachtragend, aber irgendwie schaffte sie es doch. Als Loch sah, dass Bianca und Seamus etwas müde auf den Beinen waren, wies er sie an, ins Bett zu gehen, und versprach, Seamus um vier Uhr zur Wachablösung zu wecken. Soweit Gwen verstanden hatte, dauerte die Überfahrt länger als erwartet, vor allem wegen des Seegangs, der das Boot hin und her schaukeln ließ und so ihr Vorankommen verlangsamte.

Gwen hatte immer noch ein schlechtes Gewissen wegen vorher – obwohl sie intellektuell verstand, dass es keinen Grund gab – und beschloss, Loch eine Tasse Kaffee auf die Brücke zu bringen.

„Kaffee", sagte Gwen und verlieh ihrer Stimme eine gewisse Freundlichkeit. Es lag ihr einfach nicht, kleinlich oder wütend zu sein, obwohl Loch es wahrscheinlich verdient hatte, dass sie kalt zu ihm war.

Loch blickte von seinem Platz aus zu ihr hinüber, die Arme auf der Brust verschränkt und den Blick auf die digitalen Instrumente vor ihm gerichtet.

„Danke", sagte Loch schließlich, streckte den Arm aus und nahm ihr die Tasse ab. Gwen versuchte, das kleine Kribbeln zu ignorieren, das von ihm auf sie überzuspringen schien, als seine Finger kurz über die ihren strichen. Schweigen breitete sich zwischen ihnen aus, und Gwen wartete einfach, denn sie wusste, dass er irgendwann reden würde. Es amüsierte sie immer, wenn die Leute nicht zu verstehen schienen, dass Schweigen ein ausgezeichnetes Mittel bei Verhandlungen war. Und im Moment wollte sie wissen, was es mit Lochs Bestrafung auf sich hatte. Sie nahm auf dem Kapitänssessel Platz – den Loch gemieden hatte, um mit finsterem Blick am Fenster zu stehen –, schlug die Beine übereinander und starrte aus den dunklen Fenstern. Nichts außer dem Schein der Buglichter zeichnete sich auf dem Wasser ab.

„Es tut mir leid", sagte Loch schließlich und holte Gwen aus ihrem Tagtraum über Meerjungfrauen und Sirenen zurück. Die Worte klangen ungewohnt auf seinen Lippen, was sie für Gwen noch bedeutungsvoller machte. Sie beschloss, freundlich zu sein, und zuckte mit einer Schulter, obwohl er sie nicht ansah.

„Ich gewöhne mich langsam an deine Ausbrüche. Mach dir nichts draus", sagte Gwen fröhlich.

„Ausbrüche? Ich habe keine Ausbrüche", sagte Loch und warf ihr im behaglichen Licht des Raumes einen schrägen Blick zu.

„Da ich bei den meisten von ihnen die Empfängerin

bin, kann ich wohl sagen, dass es Ausbrüche sind", sagte Gwen leichthin.

„Vielleicht war der letzte etwas heftiger, als ich es normalerweise bin", gab Loch zu.

Gwen war erfreut, ein schiefes Lächeln über sein Gesicht huschen zu sehen. Wenn der Mann gut aussah, wenn er sie anstarrte, war er umwerfend, wenn er lächelte. Er würde eines Tages irgendeine Märchenprinzessin sehr glücklich machen.

„Möchtest du mir etwas über die Strafe erzählen, die dir auferlegt wurde?", fragte Gwen und entschied, dass sie nun wieder quitt waren.

„Nicht im Geringsten", sagte Loch, aber sein Tonfall war weniger bissig. Er richtete sich auf und stellte etwas am Bildschirm ein, und Gwen spürte eine leichte Verschiebung des Bootes.

„Schon in Ordnung. Ich habe eine reiche Fantasie. Ich lese eine Menge Comics und Fantasy-Geschichten. Lass mich nachdenken..." Gwen trommelte mit ihren Fingern auf die Lippen und schnippte dann. „Du solltest eine Prinzessin davor bewahren, einen Trank zu trinken, der sie in einen Drachen verwandelt. Du hast es nicht rechtzeitig geschafft, und sie hat in ihrem feurigen Zorn ein ganzes Dorf abgefackelt."

Loch warf ihr einen Blick zu, der „du musst wohl verrückt sein" bedeutete und schüttelte den Kopf, aber sie sah, wie seine Lippen zuckten. Davon ermutigt, versuchte sie es erneut.

„Nein? Okay, hmm, mal sehen. Winzige Gartenzwerge erwachten zum Leben und ließen ihren jahrelang angestauten Ärger über Leute, die aus ihren Gärten stahlen, am

Dorf aus. Es kam zu einem Blutbad, bei dem die Zwerge das Blut der Toten nutzten, um die beste Gemüseernte seit hundert Jahren einzufahren."

Daraufhin drehte sich Loch um und zog beide Augenbrauen hoch.

„Du bist eine ganz schön blutrünstige Frau, nicht wahr?"

„Nicht besonders. Nur eine gesunde Fantasie." Gwen lachte über sich selbst. „Außerdem dachte ich, dass es sich um etwas Dramatisches und Blutiges handeln musste, wenn ein Zauberer wie du bestraft wird. Aber vielleicht schmücke ich zu sehr aus. Ich schätze, ich weiß nichts über das Feenvolk, außer das, was ich aus mythischen Erzählungen kenne. In meiner Vorstellung ist alles in eurer Welt ziemlich dramatisch und magisch."

„Es ist sicher weniger langweilig, als es das menschliche Leben zu sein scheint. Und doch fühlen wir uns immer wieder zu den Menschen hingezogen. Wir lieben es, die Unverwüstlichkeit des menschlichen Geistes zu beobachten, ihre oft tollkühne Furchtlosigkeit und wie sie sich kopfüber in die Liebe stürzen. Ja, die Welt der Feen hat ihre Magie, aber das gilt auch für die Welt der Menschen."

Gwen erkannte, dass dies das Netteste war, was er bisher über Menschen gesagt hatte. Sie erwärmte sich für ihn und lächelte in seine Richtung. Es überraschte sie, als er ihr Lächeln erwiderte.

„Das ist nett, was du über uns niedere sterbliche Wesen sagst. Ziemlich poetisch. Du bist ein Mann weniger Worte, Loch. Es sei denn, du schreist mich an", sagte Gwen und lehnte sich in den Sessel zurück, während sie sich vom Schaukeln des Bootes einlullen ließ.

„Du bist kein Mensch, Gwen. Das solltest du nicht vergessen."

Das versetzte ihr einen Schauer der Erregung.

„Ich gewöhne mich immer noch an dieses Konzept. Ich habe mein Leben als normaler Mensch gelebt, bis ich vor etwa einem Monat über meine Eiskraft gestolpert bin. Verzeih mir also, wenn ich mich als solcher identifiziere."

„Das ist verständlich. Allerdings wäre es lustig zu sehen, wie du im Kleid einer Feenprinzessin aussiehst, während du dich an deiner Macht über deine Untergebenen weidest."

„Ich wäre nichts als wohlwollend in meinem Regierungsstil." Gwen lachte und Loch stimmte mit ein. Die Spannung schien von ihm abzufallen und er lehnte sich zurück, um sie genau zu betrachten.

„Ich bin sicher, dass das stimmt. Mein Volk würde dich mögen."

„Kannst du mir von ihnen erzählen? Meine... Verwandten, nehme ich an?"

„Das kann ich. Oder noch besser, ich bringe dich hin, wenn das alles vorbei ist. Wir müssen sowieso deine Oma abholen", sagte Loch. „Aber ich kann dir sagen, dass die Feen ein unendlich interessantes Volk sind. Wir lieben es, uns in allen Dingen selbst zu übertreffen, wir lieben Rätsel und Spiele, und wir erfreuen uns an allen Dingen, die uns Vergnügen bereiten – von glänzendem, funkelndem Schmuck und üppiger Seide bis hin zu den Freuden des Fleisches. Wir sind eine gut organisierte Gesellschaft, eine, die dem Königshof Gefolgschaft leistet, und es ist selten, dass ein Feenwesen die Gesetze bricht. Das gilt insbesondere für die ältesten und tödlichsten Gesetze." Loch flüsterte den letzten Teil beinahe, und Gwen neigte den Kopf zu ihm, um ihre Gedanken von den Bildern von in Seide gehüllten Feen, die sich unter den Sternen liebten, abzulenken.

„Genau das hast du getan, nicht wahr? Du hast ein heiliges Gesetz gebrochen."

Loch hielt einen Moment lang inne und richtete seinen Blick wieder auf die dunklen Fenster. Sein Gesicht war plötzlich von Kummer gezeichnet, bevor er einmal nickte.

„Ja."

„Nun, du musst es aus einem guten Grund getan haben. Du hättest es nicht nur aus Spaß oder Gier gebrochen", sagte Gwen automatisch. Loch sah sie überrascht an.

„Wie kannst du das wissen?"

„Ich weiß es einfach. Sicher, du bist grob und ungehobelt und oft launisch, aber du bist auch selbstlos und ehrenhaft, und tauchst am Ende immer auf, wenn du gebraucht wirst. Selbst wenn du keine Lust hast, hier zu sein, drückst du dich nicht vor deiner Pflicht. Nein, irgendetwas muss dich dazu gezwungen haben, das Gesetz zu brechen", schlussfolgerte Gwen und die Art und Weise, wie er sie anstarrte, während sie sprach, indem er seine Augen immer wieder zu ihren Lippen wandern ließ, bevor er ihr wieder intensiv in die Augen blickte, brachte sie außer Atem und ließ sie ein wenig schwindelig werden.

„Mach dir keine falschen Vorstellungen von mir, Prinzessin Gwen. Ich bin kein guter Mensch", sagte Loch schließlich, nach langem Zögern.

„Vorstellungen? Ich habe keine Vorstellungen von dir, außer dass ich sicher bin, dass du kein heiliges Gesetz brechen würdest, es sei denn, es wäre absolut notwendig", sagte Gwen, die sich darüber ärgerte, dass er mehr in diese Geschichte hineininterpretieren wollte.

„Ich sehe doch, wie du mich ansiehst", sagte Loch. „Ich merke es, wenn sich eine Frau ... Vorstellungen macht."

Gwens Mund blieb vor Überraschung offen stehen, als sie ihn ansah und den fast selbstgefälligen Ausdruck auf seinem hübschen Gesicht wahrnahm, bevor sie in Gelächter ausbrach.

„Männer wie du stehen nicht auf Frauen wie mich", sagte sie und ihr Körper krampfte sich vor Lachen zusammen. „Ich nehme an, du bist es gewohnt, dass die Frauen über dich herfallen, aber ich weiß, dass ich nicht die richtige Frau für dich bin. Trotzdem bist du ziemlich gutaussehend. Ich kann den Reiz erkennen. Ich bin sicher, du hast keine Probleme, eine Frau zu finden."

Loch sah daraufhin ein wenig verärgert aus, und Gwen seufzte.

„Es tut mir leid, wenn du dachtest, dass da mehr ist oder dass ich mich verknallt habe... so ist es nicht. Ich habe einfach nur eine ehrliche Bewunderung für deine schiere männliche Schönheit, aber ich weiß, dass ich nicht dein Typ bin."

„Schönheit?" Loch sah jetzt angewidert aus. „Und wer sagt, dass du nicht mein Typ bist? Warum solltest du nicht mein Typ sein?"

Gwen zeigte auf ihre weite Strickjacke und die weiten Hosen.

„Ich bin langweilig, trage keine wallenden Kleider oder glitzernde Ringe, und ich bin ganz bestimmt keine versierte Liebhaberin. Du stehst wahrscheinlich auf die Typen wie

Salma Hayek oder Charlize Theron. Knallharte Frauen, die es mit echten Kerlen aufnehmen können."

„Und du denkst, du bist keine knallharte Frau? Ich habe gesehen, wie du gestern ungefähr eine Milliarde Domnua niedergemäht hast, ohne mit der Wimper zu zucken", konterte Loch.

„Na ja, klar, auf diese Weise bin ich wahrscheinlich schon knallhart. Aber nicht ... ähm ..." Gwen wollte gerade ‚im Schlafzimmer' sagen. Dann errötete sie und war froh, dass der sanfte Schein der Brücke wahrscheinlich die Röte in ihrem Gesicht verdecken würde.

„Aber nicht... wo? Im Bett? Als Liebhaberin? Bist du etwa schüchtern, süße Gwen von den Sirenen?", lachte Loch. Dann hielt er inne, als er ihr Gesicht genauer betrachtete. Gwen errötete noch heftiger und wandte absichtlich ihr Kinn ab, um seinen Blicken nicht begegnen zu müssen.

Sie hörte nicht einmal, wie er sich bewegte. In einem Moment war er auf der anderen Seite der Brücke, und im nächsten stand er direkt vor ihr, seine Arme auf beiden Seiten des Stuhls. Er hielt sie fest, während sein Gesicht nur wenige Zentimeter von ihrem entfernt war.

„Warst du noch nie mit einem Mann zusammen?", fragte Loch, wobei jedes seiner Worte von Überraschung erfüllt war. Gwen wurde es peinlich.

„Natürlich war ich das. Ich bin nur so erzogen worden, dass es nicht höflich ist, das... in Gesellschaft zu besprechen", sagte Gwen spöttisch, die ihre Augen immer noch abgewandt.

„Ich glaube, du lügst", sagte Loch, und sein Atem strich leicht über ihr Gesicht, so dass jeder einzelne Nerv in ihrem Körper erwachte.

„Es stimmt aber! Du versuchst, mich einzuschüchtern. Aber ich weiß, wie man mit einem Mann umgeht", sagte Gwen genervt und ärgerte sich darüber, dass er sie in die Enge getrieben hatte. Sie beschloss, sein Spielchen nicht weiter mitzuspielen, griff nach seinem Gesicht und zog seine Lippen zu einem Kuss auf ihre.

Die Hitze zwischen ihnen machte sie augenblicklich hellwach. Sie hielt still, presste ihre Lippen auf seine und schloss die Augen, unsicher, was sie als Nächstes tun sollte. Ihr Körper stellte Forderungen, aber in Wahrheit fühlte sie sich unbeholfen und unsicher, was Küssen oder Sex im Allgemeinen anbelangte. Abgesehen von ein paar feuchten Küssen in der Schule hatte sie keine Erfahrung mit Männern.

Loch zog sich zurück, sein Gesicht immer noch Zentimeter von ihrem entfernt, und sah ihr in die Augen.

„Siehst du", sagte Gwen, „ich weiß, was ich tue. Ich sage nur, dass ich nicht dein Typ bin, und wir können ruhig beide zugeben, dass die Chemie zwischen uns nicht stimmt. Ich geh ins Bett." Sie stand auf und schlüpfte unter seinen Arm hindurch, um schnell zu entkommen, wobei ihre Wangen vor Verlegenheit brannten.

Ihr stockte der Atem, als Loch sie an sich zog, ihren Körper ganz an seinen presste und seine Lippen die ihren mit einem Kuss forderten, der so intensiv war, dass sie ihn bis in die Zehen spürte. Erstarrt und unfähig zu denken, quietschte sie auf, während er ihre Lippen mit seinen eigenen erforschte, sanft daran knabberte, bis er sie leicht auseinander drängte, um ihre Zungen zu verschmelzen. Gwen zitterte vor Lust, während er ihren Mund erforschte. Sein Kuss war eine Suche, ein Versprechen von etwas, das so viel tiefer ging, und selbst schon so viel Freude bereitete. Als sie gegen seinen Mund stöhnte, zog er sich von ihr los und fuhr mit einer Hand durch sein Haar.

„Ich würde sagen, hier stimmt die Chemie", sagte Loch, der von diesem Gedanken nicht gerade begeistert zu sein schien.

Gwen schluckte und wusste nicht, wie sie reagieren oder was sie sagen sollte. Also flüchtete sie wie ein Trottel von der Brücke, ließ die Tür hinter sich zuschlagen und sich den kühlen Wind ins Gesicht wehen.

Als sie ihre Lippen berührte, stellte sie fest, dass sie sich zu einem Lächeln gekräuselt hatten.

21

Lochs Hände umklammerten das Steuer. Er brauchte etwas, an dem er sich festhalten konnte. Alles in seinem Bauch schrie danach, dieser Frau zu folgen – Gwen von den Sirenen. Er dachte an sie unter der Dusche, ihre üppigen Kurven, die um seine Berührung bettelten, ihre roten Locken, die ihren Körper umspielten. Sein Körper sehnte sich nach Erlösung, während er daran dachte, sich tief in ihr zu vergraben und ihr die Freuden des Fleisches zu zeigen.

Ja, einer Sache war er sich sicher – Gwen war unberührt. Der Gedanke, dass ein anderer Mann sie berührte – ihr ihre Unschuld nahm, machte ihn wahnsinnig.

Loch dachte an früher am Tag, als sie sorglos am Strand spazieren gegangen war, ein kleines Lächeln auf den Lippen, das Gesicht zum Himmel gerichtet. Er bewunderte die Art und Weise, wie sie die Dinge handhabe, so sehr, dass er fast ein wenig neidisch darauf war. Egal was passierte, sie schien in jeder Situation oder Person das Gute zu suchen – und zu finden. Hier waren sie nun, beluden ein Boot an einem grauen, nieseligen Tag, und sie blickte einfach in den Himmel und stimmte ein Lied an. Das war die Art von Optimismus, die ihm das Herz erweichen ließ.

Als die Domnua über die Hügel geströmt kamen, war er für einen Moment in Panik geraten und erstarrt. Glücklicherweise war er dank seines Trainings schnell wieder in Gang gekommen, auch wenn sein Gehirn ein paar Augenblicke länger gebraucht hatte, bevor er mit dem Schutzzauber beginnen konnte, um sie zu umgeben. Aber in diesen wenigen Augenblicken, als er sah, wie die Pfeile so nahe bei ihr landeten, kam er zu einer wichtigen Erkenntnis.

Gwenith, die Feensirene, war seine Partnerin.

Er hatte es schon gewusst, als er sie singen gehört hatte, war aber nicht bereit gewesen, es zu akzeptieren. Doch ihre bloße Anwesenheit in einem Raum zog ihn an. Sie war wie ein Magnet und er wurde auf unerklärliche Weise von ihrem Kraftfeld angezogen.

Das Problem war nur, dass es ihm nicht gefiel.

Loch hatte größere Pläne für sein Leben, zu denen es nicht gehörte, sich mit jemandem auf Dauer niederzulassen. Er hatte beobachtet, wie andere Feen sich verpartnert hatten, wie sie Kompromisse bei ihren Lebensentscheidungen eingegangen waren, und er war nicht bereit, dasselbe zu tun. Als Zauberer hatte Loch eine höhere Berufung – er musste seinem Volk und den königlichen Feen, denen er unterstellt war, dienen.

Nein, er hatte weder Zeit noch Lust auf eine Partnerin in seinem Leben, also war es am besten, wenn er Gwen auf Distanz hielt. So sehr es ihn auch verlangte, sie in seinen

Armen zu halten, sie zu berühren, sie sogar zum Lachen zu bringen, es sollte nicht sein.

Er würde sie beschützen und diese Aufgabe zu Ende bringen. Aber danach würde er dafür sorgen, dass sie sich keine großen Illusionen machte.

Und allein weiterziehen, wie es ihm bestimmt war.

22

G wen konnte nicht anders. Sie glitt zum Bug des Bootes und ihr Körper pulsierte noch immer von der Intensität des Kusses. Es war ihr erster richtiger Kuss gewesen, und sie schämte sich, das anzuerkennen, sogar vor sich selbst. Obwohl es keinen Grund gab, sich zu schämen, wie sie sich selbst belehrte, während sie sich an die Reling lehnte. Ihre Oma hatte sie oft daran erinnert, dass viele Frauen Spätzünderinnen waren.

Oh! Aber von einem Mann geküsst zu werden, der wusste, was er tat, und nicht von einem unbeholfenen Schuljungen. Gwen grinste und presste ihre Hand wieder auf ihre Lippen, fuhr an ihnen entlang und versuchte, sich das Gefühl einzuprägen. Was auch immer geschehen mochte, sie würde diesen Moment in Erinnerung behalten – ein leidenschaftlicher Kuss auf einem Boot, unterwegs zu einer magischen Insel nach einem erbitterten Kampf. Sie dachte, dass es eine verdammt gute Geschichte für einen ersten Kuss war.

Gwen fragte sich, was er wohl über sie dachte. Hatte er

Gefühle für sie? Oder war das nur seine Art, ein bisschen Spaß zu haben und sich die Zeit zu vertreiben? Sie war vor Männern gewarnt worden, die von allen Mädchen Küsse stahlen. Sie verbrachten jede Nacht mit einer anderen Frau und hatten kein bisschen Ehre. Es schien unwahrscheinlich, dass Loch so ein Mann war, aber sie war sich sicher, dass er in der Vergangenheit viele Geliebte gehabt hatte. Würde er der Typ sein, der mit jemandem schläft und dann geht? Oder würde er langfristige Beziehungen mit Frauen – nein, Feen – haben wollen? Gwen konnte sich ihn nicht als Typ fester Freund vorstellen. Er kam ihr eher wie ein einsamer Wolf vor. Selbst das Reisen mit dieser Gruppe schien ihn nervös zu machen, und sie erinnerte sich daran, wie überrascht er jedes Mal wirkte, wenn einer von ihnen zu Hilfe kam.

„Dann hat er nur Geliebte gehabt", murmelte Gwen und starrte auf das blaue Wasser herab, wo das Licht die Tiefe beleuchtete. „Aber keine Liebe. Nicht wirklich. Ich kann mir nicht vorstellen, dass ein Mann wie er so leicht Liebe geben könnte."

Sie beobachtete, wie die Wellen gegen den Rumpf schlugen, erfreute sich an der Art, wie sie sich kringelten und zu tanzen schienen, und war fast hypnotisiert von der Schönheit des Wassers. So war es für sie schon immer gewesen, wenn es um Wasser ging. Es rief sie, beruhigte sie, verzauberte sie. Vielleicht hatte sie deshalb die Idee mit dem Eis gehabt, überlegte sie und starrte verträumt auf das Wasser, während der Himmel dunkel und tief über ihr hing.

Als das Wasser nach ihr griff und sie zu sich zog, hatte Gwen gerade noch Zeit aufzuquietschen, bevor sie in das eiskalte Wasser des Atlantiks stürzte und unter das Boot gezogen wurde, wobei ihr Kopf nur knapp die Blätter der Schiffsschraube verfehlte, bevor sie in die Dunkelheit hinabgerissen wurde. Unsichtbare Hände legten sich wie Fesseln um sie und hinderten sie am Schwimmen, und Gwen sah, wie das Licht des Bootes schwand, während sie in ihren unausweichlichen Tod in die Tiefe gezogen wurde.

23

Er hatte sie über die Deckkamera beobachtet. Loch wäre es peinlich gewesen, es zuzugeben, wenn er dadurch nicht gesehen hätte, dass sie über Bord gegangen war. In Sekundenschnelle hatte er den Motor abgestellt und seine Stiefel ausgezogen. Seine Alarmrufe ließen Seamus und Bianca aufschrecken.

„Was ist los?" Bianca rannte auf das Deck, gefolgt von Seamus. Beide zogen sich gerade ihre Pullover über den Kopf.

„Sie ist über Bord gegangen. Übernehmt das Ruder. Sie haben sie ins Meer gezogen", rief Loch und stürzte sich über die Reling ins dunkle Wasser, ohne mit der Wimper zu zucken, als das eisige Wasser seinen Körper schockte. Unterdessen lief sein Geist auf Hochtouren, um so viel Magie wie möglich zu bewirken, angefangen mit dem Zauber, der ihn unter Wasser atmen ließ. Er hatte schon eine Weile daran gearbeitet, und ihn bisher noch keinem anderen Feenzauberer beigebracht. Es würde nur wenige Minuten dauern, bis der Zauber nachließ, und deshalb musste er ihn perfektionieren, bevor er ihn seinen Brüdern offenbarte.

Als er seine Augenlider leicht öffnete, konnte er ein dumpfes Schimmern erkennen und raste so schnell er konnte durch das Wasser. Zwischen seinen Fingern bildeten sich Schwimmhäute, als er fieberhaft einen Zauber nach dem anderen einsetzte, um sich dem Ort zu nähern, an dem er Gwen spürte.

In unglaublicher Tiefe.

Das Herz pochte in seiner Brust, als er näher kam, und er schickte weitere Magie, im Versuch, alle schlechte Energie von der Stelle fernzuhalten, an der er Gwens Herz pulsieren spürte. Lochs Gedanken rasten wie wild, während er daran arbeitete, die Domnua abzuwehren und Gwen Luft zu schicken, damit sie atmen konnte – er tat alles, um ihr Leben zu bewahren, bis er sie erreichen konnte.

Aber er fürchtete, es war zu spät. Sie waren schon zu lange und zu weit in der Tiefe. Er spürte, wie sich ein Schrei in seiner Brust bildete, als er sich ihr näherte und sah, wie das fahle Licht ihrer Magie zu verblassen begann und das eisige Wasser ihre Lebensgeister in die Dunkelheit verdrängte.

Irgendetwas huschte an ihm vorbei, so schnell, dass er die Bewegung kaum wahrnahm, bevor er weitere davon sah. Dann wurde Loch von ihrer Kraft mitgerissen, als wäre er in einer Flutwelle gefangen. Für einen kurzen Augenblick fürchtete er um sein eigenes Leben, bevor er begriff, was geschah.

Die Sirenen waren gekommen, um eine der ihren zu retten.

24

Unerklärlicherweise hatte Gwen keine Angst mehr. Je weiter sie dem Tod entgegenglitt, desto weniger Angst schien sie zu haben. In der Dunkelheit des eisigen Wassers stellte sie fest, dass sie immer noch kleine Atemzüge nehmen konnte, als ob sie Luftblasen aus dem Wasser absorbierte. Filterte sie den Sauerstoff aus dem Wasser heraus? Ihr war klar, dass sie dem Tod nahe sein musste – wenn sie ruhig darüber nachdachte, wie sie atmete, und sich nicht so sehr darum kümmerte, dass die Domnua sie immer tiefer ins Wasser zogen, dann hatte sie ihr Schicksal wohl akzeptiert.

Wie dumm von ihr, ihre Wachsamkeit zu vernachlässigen, dachte Gwen und zuckte zusammen, als sie spürte, wie sich die Fesseln, die ihre Hände fest an ihrem Körper hielten, lösten. Das war interessant. Waren die Domnua verschwunden? Sie streckte die Arme aus, keuchte und würgte das Wasser zurück, das dieses Mal in ihren Mund eingedrungen war und stellte überrascht fest, dass sie noch lebte und dies kein Traum war. Ein Paar Arme hakten sich bei ihr unter und trugen sie rasch höher und höher, vermutlich in Richtung der Oberfläche.

Es war seltsam. Im dunklen, kalten Wasser konnte sie nicht erkennen, was oben und was unten war, aber ihr Gefühl sagte ihr, dass sie sich auf die Oberfläche zubewegten. Doch wer waren ,sie'? Dieser Teil der Gleichung war es, der ihr zu schaffen machte. Wer hielt ihre Arme und rettete sie – und brachte sie mit einer schwindelerregenden Geschwindigkeit an die Oberfläche?

Als sie die Oberfläche durchbrachen, schnappte Gwen nach Luft und ihre Lungen schrien vor Schmerz. Kleine Pünktchen flimmerten über ihre Augen, als sie über den Wellen gehalten wurde, die ihr erneut ins Gesicht zu schlagen drohten. Als sie sich umsah, traf ihr Blick auf Augen, die eine ähnliche Farbe wie ihre eigenen hatten.

Gwen erstarrte.

Dort im Wasser, das schwach vor jenseitiger Magie schimmerte, waren Wesen, die Gwen für Sirenen hielt. Oder Meerjungfrauen. Vielleicht beides? Mit fast durchsichtiger Haut von der Farbe des Mondlichts und leuchtend blauen Augen schwammen sie um sie herum. Sie sangen und sangen, Lieder von solcher Freude und solcher Ruhe, dass Gwen augenblicklich von innen heraus gewärmt wurde. Die Kälte berührte sie nicht mehr und ihr Körper rang nicht mehr nach Luft. Sie heilten sie mit ihrem Gesang, und Gwen wollte nicht, dass sie gingen.

Als Loch mit wilden Augen neben ihr auftauchte, erreichte das Lied ein solches Crescendo der Freude, dass es schien, als würde das Meer kraftvoll mit einstimmen. Er schlang seine Arme um sie und drückte sie an seine Brust, so dass ihr Kopf über Wasser blieb. Gwen schloss für einen Moment die Augen, glückselig, fast sorglos zufrieden damit, dass er seine Arme um sie gelegt hatte, wissend, dass in diesem einen Moment alles in Ordnung war.

Ihr Herz pochte in ihrer Brust, als die Meerjungfrauen eine nach der anderen davonschwammen. Gwen wollte noch nicht, dass sie gingen. Sie hatte Fragen – sie musste sie zum Bleiben bewegen.

„Wartet", krächzte sie und begann zu zittern, als sie die Wärme mit sich nahmen.

„Pst, spar deine Kraft, mein Kind." Die letzte Meerjungfrau, eine Frau von außerordentlicher Schönheit, presste ihre Lippen auf Gwens, blies Luft in ihre Lungen und ließ den Atem des Lebens – der Liebe – durch sie hindurchströmen, bis ihr warm wurde bis in die Zehen. „Wisse, dass du geliebt wirst. Wir werden diesen Kampf mit dir bestreiten. Die Feen vom Land und die Sirenen aus der Tiefe. Hab keine Angst vor dem Wasser. Wir werden immer für dich da sein."

Mit einem weiteren sanften Kuss verschwand die Sirene und veränderte für immer Gwens Definition von Familie, von Schönheit und formte ihr Verständnis der Welt neu. Als ein Rettungsring an ihrem Kopf vorbei plätscherte, erkannte sie, dass sie zurück zur Jacht gebracht worden waren.

„Geht es dir gut? Hast du dich verletzt?", fragte Gwen Loch, als sie beide einen Arm an den Ring legten. Sie wurden zur Schwimmplattform am Heck des Bootes gezogen, wo eine verängstigt aussehende Bianca stand, die Arme um ihren Körper geschlungen, während sie hin und her schaukelte.

„Ein bisschen kalt, aber alles gut", brummte Loch an ihrem Hals. „Freunde von dir?"

Gwen musste lachen und drehte sich so, dass ihre Stirn an seine stieß. Obwohl sie sich sehr danach sehnte, verzichtete sie auf einen Kuss.

„Es scheint so."

„Es ist gut, sie als Freunde zu haben, würde ich sagen. Ich war mir nicht sicher, ob ich dich noch rechtzeitig erreichen würde." Loch kletterte auf die Schwimmplattform und zog sie mühelos aus dem Wasser, was sie einmal mehr an seine große Stärke erinnerte.

„Was ist passiert?! Waren das Meerjungfrauen? Oh mein Gott, ich dachte wirklich, ihr wärt beide weg. Wir konnten euch nicht sehen. Es war so dunkel und ihr beide wart einfach weg. Wir hatten nichts, woran wir uns orientieren konnten", sprudelte es aus Bianca heraus. In ihrer Sorge tänzelte sie von einem Fuß auf den anderen, bis Gwen sanft ihren Arm tätschelte.

„Mir geht es gut. Aber ich würde liebend gerne aus diesen nassen Klamotten herauskommen. Es ist ein bisschen kalt hier draußen, oder?"

Bianca war froh, etwas tun zu können und zerrte Gwen regelrecht in die Küche, wo sie sich bald ihrer nassen Kleidung entledigt und in schwere Wolldecken gehüllt wiederfand, während in ihren Händen eine Tasse heißer Tee dampfte.

„Es ist erstaunlich, dass Tee immer die Antwort auf alles ist", sinnierte Gwen. Sie nahm einen Schluck und fand einen ordentlichen Schuss Whiskey in der Tasse. Bianca zuckte nur mit den Schultern, als Gwen den Kopf zu ihr neigte.

„Wenn man nach so einem Moment keinen Whiskey trinken kann, dann weiß ich nicht, wozu man überhaupt Whiskey braucht", sagte Bianca.

Gwen nickte zustimmend. „Na dann Prost", sagte sie und lächelte, als Seamus und Loch die Treppe hinuntergeklettert kamen – Loch in Flanellhose und Pullover. Seamus grinste, als er Gwens Gesicht sah.

„Es freut mich, dass du wieder Farbe auf den Wangen hast. Du warst furchtbar blass, als du aus dem Wasser kamst", sagte Seamus und drückte ihr einen kurzen Kuss auf die Wange, bevor er sich neben Bianca kuschelte.

„Danke", sagte Gwen und blickte zu Loch, der ihr gegenüber am Tisch saß – nah, aber weit genug entfernt, dass sie sich nicht berührten. Sie fragte sich, ob das gewollt war oder nicht.

„Gern geschehen. Ich konnte dich nicht kampflos untergehen lassen", sagte Loch, griff nach dem Whiskey und nahm einen langen Zug direkt aus der Flasche.

„Was ist passiert?", fragte Bianca.

„Ich... ich weiß es nicht genau. Ich stand am Bug und schaute ins Wasser, und es war, als ob die Wellen nach oben griffen und mich unter Wasser zogen. Ich konnte nichts tun – ich war regelrecht gefesselt. Ich glaube, die Domnua hielten meine Arme hinter meinem Rücken fest. Ich konnte mich überhaupt nicht bewegen – ich konnte meine Armbänder nicht hochziehen, nichts. Und sie waren so schnell! Innerhalb einer Sekunde war ich schon fünfzig Meter tief, ungelogen", sagte Gwen und schüttelte ungläubig den Kopf.

„Das ist furchtbar." Bianca erschauderte und Seamus rieb ihr den Rücken. „Aber wie hast du es geschafft, nicht zu sterben? Ich meine, ist es, weil du zum Teil eine Sirene bist? Kannst du unter Wasser atmen?"

„Ich weiß es nicht wirklich, um ehrlich zu sein. Es war, als ob ich diese kleinen Lufttaschen einatmen konnte oder so. Ich kann es nicht sagen. Ich habe noch nie wirklich versucht, unter Wasser zu atmen. Ich bin immer davon ausgegangen, dass ich es nicht kann, also habe ich immer die Luft angehalten, wenn ich schwimmen war."

„Vielleicht habe ich da ein bisschen nachgeholfen", sagte Loch und erzählte von einem der Zaubersprüche, die er ihr geschickt hatte.

„Gut gedacht, vor allem in einer so stressigen Situation wie dieser. Konntest du dasselbe für dich tun?", fragte Seamus, und die beiden Männer begannen ein Fachgespräch über Zaubersprüche. Loch wirkte zum ersten Mal seit einer Weile wieder lebhaft, als er einige der Gedankengänge hinter den Zaubern erklärte, an denen er gearbeitet hatte.

Gwen spürte, wie sich ihre Augen zu schließen begannen.

„Also... was ist dann passiert? Wie seid ihr die Domnua losgeworden?", fragte Bianca und holte Gwen in die Realität zurück, bevor sie einnickte.

„Meine Familie. Die Meerjungfrauen. Sie haben mich gerettet", sagte Gwen mit schwerer werdender Zunge. Nachdem ihr Adrenalinspiegel in die Höhe geschossen war, kam sie jetzt wieder runter, und zwar heftig.

„Meerjungfrauen! Ich will jede Einzelheit wissen", begann Bianca, doch dann sah sie Gwens trübe Augen. „Das heißt, morgen. Du hast eine ziemliche Tortur hinter dir. Loch, kannst du sie ins Bett tragen?"

Gwen wollte protestieren, aber sie hatte keine Kraft mehr. Sie musste sich austrecken und schlafen – und zwar jetzt. Träge verabschiedete sie sich, bevor Loch sie an seine Brust drückte und sie mit seiner Wärme umhüllte, während er sie in ihre kleine Kabine brachte. Er legte sie auf das Bett, und Gwen seufzte vor Behagen über den Komfort der kleinen Koje und die Wärme der Decken. Sie fühlte sich in Sicherheit und Wärme geborgen und lächelte zu Loch hinauf.

„Danke", flüsterte Gwen mit geschlossenen Augen.

Schweigen antwortete ihr.

Aber sie spürte den Hauch eines Kusses – so leicht, als wäre ein Schmetterling vorbeigeflogen – bevor sich die Tür ihrer Kabine schloss.

Mit einem Lächeln glitt Gwen in den Schlaf.

25

Es war, als ob sie im Koma gelegen hätte, so tief hatte sie geschlafen, dachte Gwen, als sie blinzelnd erwachte und sich drehte, um auf den Wecker zu blicken. Sie fragte sich kurz, ob Loch mit einer Art Zauberspruch dafür gesorgt hatte, dass sie so tief schlief, oder ob es der Schock über das ganze Erlebnis gewesen war, der sie auf die Bretter geschickt hatte.

Gwen streckte sich und zog die Decke um sich. Sie wusste, dass sie bald aufstehen musste, um ihren Beitrag zu leisten, aber sie wollte sich noch einen Moment in ihren warmen Kokon aus Decken kuscheln und die Ereignisse noch einmal Revue passieren lassen.

Und darüber nachdenken, dass sie mit ihrem alltäglichen Leben zufrieden gewesen war, obwohl es so viel Magie in der Welt gab.

Gwen quietschte fast vor Begeisterung, als sie an all die Zaubersprüche dachte, die Loch beherrschte. Es war etwas, das sie noch nicht verstand, aber sie hatte vor, ihn irgendwann einmal dazu auszufragen. Sie konnte noch nicht

einmal die Ungeheuerlichkeit des Treffens mit den Meerjungfrauen vollständig begreifen, ohne auch Bianca davon
zu erzählen. Ihr Magen knurrte und erinnerte sie daran,
dass sie seit weiß Gott wie lange nichts mehr gegessen hatte,
und Gwen sprang auf, um die Koje zu verlassen, gerade als
sich die Tür öffnete.

Der Anblick von Lochs offenem Mund, als er sie
anstarrte, erinnerte Gwen daran, dass sie sich in der Nacht
zuvor ihrer klatschnassen und zerrissenen Kleidung entledigt hatte. Was bedeutete, dass sie wieder einmal nackt vor
ihm stand. Diesmal stemmte sie eine Hand in die Hüfte
und starrte ihn an.

„Hast du schon mal was von Anklopfen gehört?",
schimpfte Gwen.

Loch hatte den Anstand, zu erröten. „Es tut mir leid",
sagte er, ging aber nicht weg. Seine Augen saugten sie in
sich auf, und Gwen spürte, wie sich die Stimmung im
Raum zu verändern begann, wie eine unterschwellige Energie, die zwischen ihnen beiden zu pulsieren schien.

„Und trotzdem ... bist du noch hier", bemerkte Gwen,
deren Mund trocken geworden war.

„Ich ... Ich ... Du bist einfach umwerfend." Loch
schluckte und verschwand durch die Tür, die er hinter sich
zuschlug. Es hätte sie nicht gewundert, wenn er sie noch
einmal im Zimmer eingesperrt hätte, nur um sich selbst von
ihr fernzuhalten.

Zum ersten Mal spürte Gwen den Kitzel weiblicher
Macht. Auch wenn es ihr schwerfiel zu glauben, dass Loch
sie „umwerfend" fand, so erkannte sie doch, dass er freundlich genug war, ihr ein Kompliment zu machen, wenn sie
nackt vor ihm stand.

Aber dennoch... da war etwas gewesen.

Gwen erinnerte sich an den Kuss der letzten Nacht und fuhr sich noch einmal mit den Fingern über die Lippen, bevor sie sich eine Decke überwarf und die Tür öffnete, um ihren Kopf hinauszustrecken. Ein Stapel Kleidung lag vor der Tür auf dem Boden des kleinen Flurs und Gwen schnappte sie sich, dankbar, dass sie nicht den ganzen Tag in einer Decke herumlaufen musste.

Sie war froh, ihre Hose zu finden und zog sie an, betrachtete aber den Rest der Kleidung mit finsterem Blick. Ein rosafarbenes, langärmeliges Shirt mit Rundhalsausschnitt und eine Fleecejacke waren die Optionen. Kein BH, kein Star Wars-Shirt und keine Strickjacke waren zu finden. Seufzend zog sie sich das rosafarbene Shirt über den Kopf und starrte auf die Stelle, an der es ihre Brüste bedeckte. Sie stellte sich vor, was das für ein Anblick sein musste, wenn sie keinen BH trug. Immerhin war es besser als eine Decke, dachte sie sich. Sie hob die Jacke auf und machte sich auf den Weg zur Toilette, bevor sie sich in die Kombüse begab, um nach etwas Essbarem zu schnuppern.

Bianca pfiff anerkennend, als Gwen hereinkam. Loch drehte sich um, während er den Tee zubereitete, und ließ die Dose auf den Boden fallen, als er sie sah. Fluchend hob er sie auf und verließ beinahe fluchtartig die Küche.

„Bin ich so unansehnlich?", fragte Gwen, die dankbar war, dass ein Tablett mit Toast auf dem kleinen Tisch stand.

„Du bist umwerfend", sagte Bianca, warf einen Blick auf das Shirt und pfiff noch einmal. „Mädchen, ich wusste nicht, welche Kurven du unter all diesen Schlabberklamotten versteckt hattest, aber verdammt. Da hat Loch keine Chance. Außerdem passt das Pink toll zu deinen roten Haaren."

„Das ist keine Farbe, die ich normalerweise trage", gab Gwen zu und versuchte, das Stück Toast nicht mit einem einzigen Bissen zu verschlingen, um das Knurren in ihrem Magen zu beruhigen.

„Das solltest du vielleicht. Aber wow, wir müssen dir vielleicht einen BH besorgen oder den Reißverschluss deiner Jacke geschlossen halten. Ich glaube, sogar Seamus wird abgelenkt sein."

Gwen hatte sofort ein schlechtes Gewissen und zog die Fleecejacke an. Sie war zwar auch tailliert, bedeckte sie aber wenigstens um eine weitere Schicht.

„Es tut mir leid. Es war die einzige Option. Ich wollte nichts, du weißt schon, zur Schau stellen."

„Glaub mir, ich weiß, wovon ich spreche. Du solltest zeigen, was du hast. Die ganze Zeit. Wenn ich so aussehen würde wie du, würde ich das bestimmt tun", sagte Bianca, fröhlich wie immer.

„Aber du bist wunderschön", protestierte Gwen.

„Ich bin süß. Vielleicht sogar hübsch. Aber nicht so umwerfend wie du. Und das ist okay für mich. Ich habe einen Mann, der mich liebt, und ein fantastisches Leben. Ich weiß, dass Seamus und ich füreinander bestimmt sind. Außerdem bist du keine, die einem den Partner klaut. Du hast ein reines Herz, das weiß ich. Ich mache mir keine Sorgen wegen dir. Zudem wird sich kein Mann um dich bemühen, solange Loch auf der Bildfläche ist", sagte Bianca und schmierte Marmelade auf ein Stück Toast.

„Er hat mich geküsst", platzte Gwen heraus und errötete dann. „Nun, ich habe ihn geküsst. Dann hat er mich geküsst. Und... ich weiß nicht. Na ja. Es ist eben passiert."

„Erzähl mir alles. Langsam und in allen Einzelheiten", sagte Bianca und beugte sich neugierig vor, was Gwen zum Kichern brachte. Schon bald tratschten sie über die Vorzüge eines guten Küssers, als wären sie bei einem Bier in der Kneipe und nicht an Bord eines Bootes auf tödlicher Mission. In diesen Momenten konnte man leicht vergessen, dass sie sich auf einer Mission höchsten Ranges befanden.

„Wir sollten nach oben gehen. Ich möchte meinen Beitrag leisten. Ich will bei irgendetwas helfen", sagte Gwen schließlich und beendete das Gespräch widerwillig.

„Ich weiß, dass Seamus auch alles über die Meerjungfrauen hören will. Ich wollte dich schon danach fragen, aber es gab ja zuerst noch andere interessante Dinge, die wir besprechen mussten", sagte Bianca, stand auf und streckte die Arme über den Kopf. „Hör zu, Gwen. Mach dir keine Sorgen darüber, was mit Loch passieren wird. Er ist offensichtlich ein sehr sturer Mann und in seinen Gewohnheiten festgefahren. Lass den Dingen ihren Lauf, so wie sich ergeben. Du bist ein fantastischer Mensch – du musst einfach nur du selbst sein. Ich vermute, dass er sich stärker in dich verguckt hat, als dir klar ist. Aber man kann ihn nicht drängen. Er muss sich selbst darüber klar werden, was ihn davon abhält, einen Schritt auf dich zuzugehen. Und für den Moment? Ich würde sagen, lehne dich zurück und genieße die Reise. Schau, wohin sie dich führt."

„Ich... Ich habe das alles wirklich nicht geplant. Gestern Abend kam mir zum ersten Mal der Gedanke, dass er in mir mehr sehen könnte als nur eine nervige kleine Schwester, die er beschützen muss. Obwohl ich bewundert habe, wie gut er aussieht, habe ich nie gedacht, dass da mehr sein könnte. Oder gehofft, dass da mehr sein könnte. Und jetzt ..." Gwen zuckte mit einer Schulter. „Ich weiß nicht, ob ein Kuss etwas ändert oder nicht."

„Das tut er", versprach Bianca.

26

O der auch nicht.

Gwen beobachtete Loch, wie er am Steuer stand und leise mit Seamus die Routen besprach, während sie und Bianca an der Rückwand des engen Raumes lehnten und beobachteten, wie die Wellen gegen den Rumpf schlugen.

Seit sie hereingekommen waren, hatte er sie kaum beachtet und ihr nur einen flüchtigen Blick zugeworfen, wobei sein Blick kurz auf der Fleecejacke hängengeblieben war, bevor er sich wieder Seamus zuwandte. Männerdinge, so schien es. Oder Feen-Dinge. Wie auch immer, es ärgerte sie ein bisschen, dass sie nicht in das Gespräch einbezogen wurden.

„Sollen wir vielleicht ein bisschen Wäsche waschen oder was kochen?", fragte Bianca neckisch, und Seamus drehte sich mit einem breiten Grinsen im Gesicht um.

„Süße, du weißt, dass ich dich liebe und dich niemals von irgendetwas ausschließen würde. Du bist mein Herz, meine Seele, mein Licht. Wir haben uns nur ein wenig unterhalten und ich werde dir natürlich alles erzählen, wenn du möchtest."

Bianca grinste ihn an. „Sehr gerne."

Gwen musste fast aufseufzen. Die beiden waren einfach so süß zusammen.

„Mein Kumpel hier hat mir gerade ein paar Tipps und Tricks für Zaubersprüche zum Atmen unter Wasser gegeben. Es ist wirklich faszinierend, und ich kann verstehen, warum er einige Zeit gebraucht hat, um überhaupt so weit zu kommen. Er hat Glück, dass es so lange angehalten hat wie letzte Nacht – hätte es länger gedauert, wäre er tot gewesen. Aber wenn er diese Kunst vollends meistern könnte? Es könnte die Welt der Feen, so wie wir sie kennen, völlig verändern und uns ein ganz neues Reich eröffnen, das wir erforschen könnten. Allerdings müssten wir uns vorher ein wenig mit deiner Familie unterhalten oder ein paar Vereinbarungen mit ihr treffen", sagte Seamus und nickte Gwen zu, die in Lachen ausbrach.

„Tut mir leid... es ist immer noch so aufregend für mich. Allein der Gedanke an all das hier – all das direkt vor meiner Nase. Magie und Feen und Sirenen und Meerjungfrauen... einfach unfassbar. Es ist so faszinierend für mich und – nun ja, aufregend. Es ist einfach erstaunlich, dass das alles schon immer existiert hat, und ich fühle mich wie ein Kind in einem Süßwarenladen. Ich will alles kennenlernen, schmecken, erleben, fühlen – einfach alles aufsaugen." Gwen lachte über sich selbst, während sie auf die stürmische See hinausblickte. Noch immer war kein Land am Horizont in Sicht. Sie fragte sich, wie lange sie noch unterwegs sein würden.

„Mir geht es genauso", stimmte Bianca zu. „Ich habe

jahrelang keltische Mythen und Legenden studiert, um dann herauszufinden, dass viele von ihnen wahr sind und dass ihre Helden lebendig sind und direkt vor meiner Nase herumlaufen? Es ist wie Ostern und Weihnachten auf einmal."

„Hörst du das, Loch? Wir sind für sie nichts weiter als ein Bonbon oder ein Geschenk, das sie auspacken können. Ich hasse es, wie diese Frauen uns die ganze Zeit zu Objekten machen." Seamus stieß einen langen, übertriebenen Seufzer aus, was beide Frauen zum Lachen brachte.

„Komm her, mein Süßer, und ich mache dich zum Objekt, so viel du willst", sagte Bianca. Seamus durchquerte bereitwillig den kleinen Raum, um einen schmatzenden Kuss auf die Lippen zu bekommen.

„Und jetzt erzähle uns jede Einzelheit über die Meerjungfrauen", sagte Seamus, zog Bianca an sich und legte seinen Kopf auf ihren.

Gwen erzählte ihnen alles, woran sie sich erinnern konnte, genoss die Bilder in ihrem Kopf und wusste, dass sie, solange sie das Glück hatte zu leben, diesen Moment im eisigen Meer nie vergessen würde – umgeben von solcher Schönheit und von Stimmen, die nicht von dieser Welt waren und ein Lebenslied sangen, das nur für sie bestimmt war.

„Moment mal – sie haben gesagt, sie würden aus der Tiefe für uns kämpfen?", unterbrach Loch ihre Erzählung der Geschichte.

„Das hat sie gesagt. Sie sagte, ich solle keine Angst vor dem Wasser haben, denn sie würden für mich kämpfen. Oder für uns, nehme ich an. Ich glaube, sie wissen, dass wir auf der Suche sind", sagte Gwen.

„Ich frage mich, wie viele Wesen uns wohl beobachten", murmelte Bianca, und Gwen neigte fragend den Kopf zu ihr.

„Die ganze Welt schaut zu, mehr oder weniger", gab Loch zu.

Gwen wirbelte herum und sah ihn an. „Das kannst du nicht ernst meinen. Als wären wir in einem Boxkampf und die Leute würden Wetten auf uns abschließen?"

„Menschen, Leprechauns, Meerjungfrauen – alle magischen Wesen sind live dabei. Ich hoffe, dass wir auf diesem Weg weiterhin Hilfe erhalten, denn fast jeder versteht, was für eine Katastrophe es bedeuten würde, wenn die Domnua wieder die Welt regieren würden."

„Leprechauns? Die irischen Kobolde?", kreischte Bianca und hüpfte auf und ab, wobei sie Seamus fast unters Kinn stieß.

„Ja, klar. Natürlich", sagte Loch und warf ihr ein Lächeln zu, bevor er sich wieder dem Fenster zuwandte.

„Ich schwöre euch, das ist das beste Jahr meines Lebens", jubelte Bianca.

Gwen musste ihr zustimmen. Sie befanden sich auf einem echten Comic-Abenteuer und es gab nichts, was ihr diesen Moment nehmen konnte.

„Nun, wenn du das denkst, wird es gleich noch interessanter. Ich glaube, wir sind auf dem Weg zur Insel des Schicksals", murmelte Loch.

„Ist das nicht einfach ein anderer Name für Irland?", fragte Bianca.

„Das stimmt. Aber nicht viele wissen von der eigentlichen Insel – sie ist magisch, und es ist ausgesprochen schwierig, sie zu finden. Genau darüber haben Seamus und ich uns unterhalten. Wir haben versucht, zu entscheiden, welches der richtige Weg zur Insel sein könnte. Es ist der Ort, an dem die Sirenen angeblich einst Schiffe zerstörten. Sie taucht nie auf dem Radar oder auf Karten auf, und doch behaupten viele, sie gesehen zu haben. Aber nur wenige verlassen sie wieder."

„Vielleicht kann ich helfen?", fragte Gwen zaghaft. „Vielleicht, indem ich singe? Könnte ich uns dorthin singen?"

„Tja, das ist eine Überlegung wert. Aber würde es auch die Domnua wieder herbeirufen?", fragte Loch und drehte sich um. Er verschränkte die Arme vor der Brust, lehnte sich zurück und betrachtete Gwen. Sie war froh, in das Gespräch einbezogen zu werden und ärgerte sich nicht einmal darüber, dass er davon ausging, dass ihr Gesang die Domnua angezogen hatte.

„Wir wissen nicht, ob es das Lied war, das sie herge-bracht hat", protestierte Bianca.

„Stimmt. Aber ist es das Risiko wert?"

„Wäre es besser, es auf dem Wasser zu tun? Wenn wir sozusagen eine Armee unter uns haben?", fragte Gwen.

„Denken wir mal kurz darüber nach", sagte Bianca. „Ausgehend von dem Hinweis, der dem Armband beilag – ich denke, es könnte einen Sinn ergeben. Wenn diese magi-sche Insel ein Ort des Feuers und des Eises ist und es dort Sirenen gibt oder Lieder, die die Menschen dazu bringen, ihnen zu folgen, dann könnte es Sinn ergeben, dass Gwen uns dorthin singt. Und hoffentlich können wir dort einen Hinweis oder eine Idee, wo der Speer versteckt ist, bekommen."

„Ähm, aber was ist, wenn ich singe und ... du weißt schon." Gwen nickte in Richtung der Männer.

„Ich werde Seamus die Ohren zuhalten, keine Sorge. Loch ist dein eigenes Problem", sagte Bianca fröhlich.

„Na prima", sagten Loch und Gwen gleichzeitig.

27

G wen klammerte sich an die Reling am Bug des Bootes und fühlte sich nicht mehr so selbstsicher wie vorher, als sie zugestimmt hatte zu singen. Etwas, das ihr einst Freude bereitet hatte, selbst in der Stille ihrer Wohnung, bereitete ihr jetzt große Sorgen. Sie schluckte, während sie auf das Wasser hinausstarrte, wo die tosenden Wellen auf den grauen Horizont trafen und überlegte, was sie singen sollte.

Gwen warf einen nervösen Blick über ihre Schulter zu Loch, der mit verschränkten Armen am Fenster der Brücke stand, und sie aufmerksam beobachtete. Er schien ihre Nervosität zu spüren und zeigte ihr einen Daumen hoch. Bianca hatte Seamus unter Deck gebracht mit dem Verspre-chen, ihren Gesang zu übertönen, so dass nur sie beide an Deck waren.

Sie schluckte, nickte Loch kurz zu und wandte sich dann wieder dem Wasser zu. Doch noch immer kam kein Lied. Es war, als ob die Angst der letzten Schlacht sie unfähig gemacht hatte zu singen. Die möglichen Konsequenzen schienen zu groß zu sein.

„Hat es dir die Stimme verschlagen?", fragte Loch von hinten. Gwen versteifte sich und weigerte sich, sich umzudrehen. Sie sollte ihren Teil auf dieser Reise beitragen, es wäre peinlich, wenn sie jetzt erstarrte.

„Ich muss zugeben, dass ich mir ein wenig Sorgen über die Folgen mache", sagte Gwen schließlich. Sie war überrascht, als Loch sich gegen die Reling lehnte und freundschaftlich ihre Schulter berührte. So standen sie schweigend da, während die Wellen gegen den Rumpf des Bootes schlugen. Das sanfte Schaukeln schien ihre Ängste ein wenig zu lindern.

„Meine Mutter erzählte mir einmal die Geschichte von Carman, einer keltischen Hexe. Hast du von ihr gehört?"

Gwen schüttelte den Kopf, freute sich aber, dass er sich ihr gegenüber etwas öffnete.

„Nun, sie ist ein ziemliches Biest, um die Wahrheit zu sagen. Sie gehört zu dem Typ von Frauen, die es nicht ertragen können, andere glücklich zu sehen. Weißt du, was ich meine?"

Gwen nickte und entspannte sich etwas, während er in seine Geschichte einstieg.

„Und so ging sie eines Tages ihren Weg der Zerstörung und ärgerte sich besonders darüber, dass die Göttin Danu dem Land so viele Freuden und reiche Ernten gebracht hatte. Als Carman durch das Land zog, war sie erbost über die blühenden Felder und die fröhlichen Menschen. Trotz aller Macht, die sie besaß, war sie tief im Inneren eine unglückliche Frau." Loch schlug sich mit der Faust auf die Brust. „Sie konnte es nicht ertragen, die glücklichen Feen, das schöne Land und eine Göttin zu sehen, die ihrem Volk so viel Freude brachte, und beschloss, ihren Zorn über das Land zu bringen. Und so schickte sie eine Hungersnot, die so groß war, dass sie das Land bis ins Innerste erschütterte, es austrocknete und all die natürlichen Reichtümer verschlang, die es einst gab. Danu konnte sie nicht aufhalten, denn Carman war stärker als sie."

„Oh nein", sagte Gwen, gefangen im Rhythmus seiner Erzählerstimme.

„Oh nein, ganz genau", sagte Loch. „Als die Göttin ihrem Volk, den Danula, erschien und sagte, sie wisse nicht, wie sie kämpfen solle – die Feen würden sterben, die Nahrung sei weg, die Magie hätte die Erde bis auf ein kleines Tröpfchen verlassen – weißt du, was sie antworteten?"

„Sie gaben ihr die Schuld?"

„Nein, meine Liebe, nichts dergleichen. Sie standen auf, einer nach dem anderen, und versprachen zu kämpfen – für das Leben, das sie führten, für die Zukunft ihrer Kinder und Kindeskinder, für den Atemhauch der Magie, den sie immer noch tief in Mutter Erde pulsieren fühlten. Und obwohl sie wussten, dass sie sterben oder Carmans Zorn verzehnfachen konnten, erhoben sie sich und gaben der Göttin Danu Mut, bis sie entdeckte, was sie bereits hätte wissen müssen."

„Dass sie schon die ganze Zeit über stärker als Carman gewesen war?"

„Nein, sie war nicht schon die ganze Zeit über stärker gewesen. Sie war erst mächtiger, als sie anfing, an den Sieg zu glauben."

Gwen lächelte, völlig bezaubert von der Geschichte. Es

hatte etwas Schönes an sich, dass Loch von seiner Mutter erzählte und es lag eine Wärme in seiner Stimme, die sie vorher noch nie gehört hatte.

„Du willst mir also sagen, dass große Risiken oft mit großen Belohnungen einhergehen."

„Du hattest nicht ernsthaft erwartet, dass das hier einfach wird, oder?", sagte Loch und lachte.

Gwen war für einen Moment wie gebannt. Ihr Atem stockte, als sie in sein hübsches lachendes Gesicht blickte. Es war ein Bild, das sie immer in Erinnerung behalten wollte – dieser gutaussehende Feenzauberer, der für einen Moment seine Deckung fallen ließ und völlig unbeschwert aussah. Er hielt ihre Hand als Zeichen seines Beistands und gab ihr nicht das geringste Gefühl, sich dafür schämen zu müssen, dass sie seine Hilfe brauchte.

Und so sang sie das erste Lied, das ihr in den Sinn kam, dankbar dafür, dass es kein Liebeslied war – nur für den unwahrscheinlichen Fall, dass sie, wenn sie von Romantik sang, einen unabänderlichen Zauber auslösen könnte.

WHAT WOULD you think if I sang out of tune/Would you stand up and walk out on me? Lend me your ears and I'll sing you a song/and I'll try not to sing out of key.

GWEN SANG ZUNÄCHST LEISE, die Joe-Cocker-Version des Liedes nachahmend. Sie liebte die Musik, die ihren Körper erfüllte.

. . .

OH, I get by with a little help from my friends...

DIE WORTE STRÖMTEN durch sie wie Magie, bevor sie ihren Körper verließen. Das Lied schwappte über das Wasser, während Gwen fest an ihre Freunde dachte und daran, dass sie gemeinsam in diesem Kampf waren. Als das Lied die Luft erfüllte, schickte sie ein Gebet nach oben, dass die Worte, die sie sang, nicht die Todesglocke für ihre Freunde läuten würden.

„Du hast es geschafft, Prinzessin. Sieh dir das an", rief Loch, und bevor Gwen die Schönheit dessen, was vor ihr lag, würdigen konnte, hatte er schon ihren Mund mit einem heißen Kuss erobert, der alle Schaltkreise in ihrem Gehirn durchkreuzte und das Lied augenblicklich verstummen ließ.

Loch stieß einem weiteren Jubelschrei aus und rief nach Bianca unter Deck. Dann lief er über das Boot und nahm wieder seinen Platz am Steuer ein. Gwen legte eine Hand auf den Mund und spürte noch einmal seinen Kuss auf ihren Lippen. Sie musste kichern, bevor sie sich umdrehte und über den Bug blickte.

Auf ihr Schicksal, das vor ihr lag.

28

„So etwas habe ich noch nie in meinem Leben gesehen", hauchte Bianca und stellte sich neben sie. Gwen weigerte sich, den Bug zu verlassen, ungeachtet des kalten Windes, der ihre Locken wie wild um ihren Kopf peitschte.

„Es ist, als würde man eine Insel durch eine Schneekugel betrachten, oder so ähnlich", sagte Gwen, die nach Worten rang, um das zu beschreiben, was sie sah. „Aber es ist Schnee und Sonne und Wärme und Kälte... eine Mischung aus allem. Und die Luft – sie schimmert. Seht ihr das? Seht ihr, wie sie sich bewegt und schimmert?"

„Ja, das muss die Magie sein. Jeder andere, der vorbeikommt, würde nichts als Wasser sehen", sagte Bianca, die von dem, was sie sah, ebenso begeistert war wie Gwen.

Es war wirklich ein überwältigender Anblick. Gwen wusste nicht, wohin sie zuerst schauen sollte. Es war, als könne sie ihren Blick nicht abwenden und trotzdem nicht genügend Einzelheiten aufnehmen. An einem Ende der Insel bildeten zerklüftete Felsen, so schwarz wie die Nacht, eine gewaltige Barriere für alle, die sich von Osten her näherten. Geschmolzene Lava, rot wie die untergehende Sonne, floss in Rinnsalen den schwarzen Felsen hinunter und stürzte in dampfenden Schwaden ins Meer. Die Nacht hing wie ein Leichentuch über dieser Seite der Insel, mit Mondsichel und glitzernden Sternen am dunklen Himmel. Ganz im Westen lagen Hügel von grünstem Gras, die sich an glatte Klippen aus weißem Gestein schmiegten und einen goldenen Sandstrand schützten. Die Sonne schien zwar heiter, aber ein wenig hinter den Wolken versteckt. Es war schließlich immer noch Irland. Der Gesamteindruck war, als würde man die vierundzwanzig Stunden eines Tages auf einen Blick sehen. Es war Yin und Yang, Schwarz und Weiß...

„Tag und Nacht", murmelte Gwen.

„So ist es, oder? Schwarz und weiß, hell und dunkel, Gut und Böse", murmelte Bianca.

„Zwei Seiten derselben Medaille", sagte Gwen automatisch und überraschte sich selbst. „Die Insel spiegelt den Zwiespalt wider, der in uns allen steckt. Wir können uns für eine der beiden Seiten entscheiden. Unser bestes Ich sein – den rechten Weg beschreiten – oder auf unsere schlechten Seiten hören. Niemand ist ganz und gar gut oder böse, aber wir haben die Wahl. Es ist wie eine Metapher für das menschliche Leben. Ich glaube, die Sirenen haben einen seltsamen Sinn für Humor."

„Das ist ... das ist wirklich eine ausgezeichnete Art, die Insel zu sehen. Vielleicht die einzige Art, die Sinn ergibt. Vor allem, wenn sie ‚Insel des Schicksals' heißt. Denn suggeriert die Idee des Schicksals nicht, dass wir unser Schicksal selbst in die Hand nehmen können? Die Vorsehung gilt als unausweichlich, während der Mensch sein Schicksal selbst bestimmen kann."

Gwen nickte zustimmend.

„Und so treffen wir eine Wahl – gehen wir den Weg der Dunkelheit oder den Weg des Lichts?"

„Ich denke, die größere Frage ist, wo der Speer sein könnte, und wenn er in den vergangenen Jahren von den Feen versteckt wurde, welchen Weg würden sie von uns erwarten?"

„Ich würde sagen, den des Lichts", sagte Loch hinter ihnen und ließ sie aufschrecken. Sie drehten sich um und sahen Seamus und Loch, die ihrem Gespräch aufmerksam zugehört hatten.

„Ausgezeichnete Beobachtungen, meine Damen", sagte Seamus mit einem Lächeln, während sich das Boot der Insel näherte. „Schönheit und Verstand – eine bestechende Kombination, die jeder Mann gerne an seiner Seite hätte."

Bianca zwinkerte Seamus zu. „Ich bin auch stolz, dich an meiner Seite zu haben, Liebster."

„Warum glaubst du, dass der Speer auf der hellen Seite der Insel liegt?"

„Ich glaube, die Feen würden erwarten, dass wir denken, sie hätten es auf der unheimlichen Seite der Insel versteckt, der schwerer zugänglich ist. Aber Feen sind Schlitzohren und demnach ist es möglich, dass sie es stattdessen auf der hellen Seite versteckt haben." Loch zuckte mit den Schultern.

„Ich denke, wo auch immer er ist, er wird an dem Ort sein, an dem wir ihn am wenigsten erwarten, soviel ist sicher. Jeder Schatz bisher hat uns auf eine interessante Weise überrascht. Ich denke, wir sollten erst einmal versuchen, so nah wie möglich heranzukommen, um die Lage zu beurteilen. Vielleicht finden wir einen leichten Zugangsort."

Seamus hatte recht. Schnell einigten sie sich darauf, die Insel zu umrunden und dabei einen großen Bogen um die Strände und Klippen zu machen, bis sie eine bessere Vorstellung von der Topografie hatten und wussten, womit sie es zu tun hatten. Keiner von ihnen hatte erwartet, dass die Insel so groß sein würde, und es dauerte fast zwei Stunden, bis sie die gesamte Insel umrundet hatten. Bei jeder neuen Entdeckung, auf die sie stießen, kamen ungläubige Ausrufe aus ihren Mündern.

„Wie kann es sein, dass es auf der einen Seite der Insel schneit und auf der anderen Seite sonnig ist? Dass es hier grün ist und dort drüben heiße Lava fließt?" Bianca warf ihre Hände in gespielter Verzweiflung in die Höhe. „Das ist wie eine Bonus-Frage, die man einem Meteorologen in einer Prüfung stellen würde. Er würde nie eine Antwort darauf finden."

„Tja, weil die Antwort darauf Magie ist", sagte Loch ironisch und lächelte der Blondine zu.

Gwen ertappte sich dabei, wie sie ihn wieder anstarrte und jedes Mal fasziniert war, wenn er lächelte. Es war, als hätte sich etwas in ihm verändert, und sie konnte nicht anders, als ihm verstohlene Blicke zuzuwerfen, während er das Boot steuerte.

Ein paar Mal fing er ihren Blick auf, und sie errötete und schimpfte wieder über ihre Porzellanhaut, bevor sie sich abwandte. Zu ihrer Überraschung stellte sie fest, dass sie an mehr dachte, als ihn zu küssen – daran, in seinen

Armen zu liegen, während er ihr die Liebe eines Mannes zeigte.

Liebe. Gwen rollte mit den Augen, als das Boot um einen Felsvorsprung herumfuhr. Das war nicht Teil ihres und Lochs Schicksals, da war sie sich sicher. Aber vielleicht, nur vielleicht, konnte sie Leidenschaft erleben – etwas, das der Mann im Überfluss hatte. Vielleicht wäre eine Nacht der Leidenschaft auf einem magischen Abenteuer die Schlacht wert, die sie schlugen.

Denn wenn sie an einem dieser Morgen an einem verschneiten, magischen Strand sterben würde, dann hätte sie eine Nacht, oh ja, eine glorreiche Nacht gehabt, um die Fülle des Lebens zu feiern.

29

„Dort ist ein Unterschlupf", rief Seamus und deutete auf mehrere Steinhütten, die auf den Hügeln in der Mitte der Insel standen. Wer auch immer sie gebaut hatte, hatte sich den besten Platz dafür ausgesucht, denn sie boten eine gute Aussicht, befanden sich in dem anscheinend durchweg sonnigen Teil der Insel und waren durch einen Felsvorsprung vor dem Wind geschützt.

„Waren die vorher schon da? Haben wir nicht die ganze Insel umrundet?", fragte Bianca. Gwen zuckte nur mit den Schultern. Die Zeit fühlte sich hier seltsam an, als wäre sie angehalten worden oder als würde sie ein bisschen langsamer vergehen.

„Ich dachte, das hätten wir, aber jetzt weiß ich es nicht mehr. Ich denke, wir müssen uns einfach bewusst sein, dass wir uns in einem Land der hohen Magie befinden und dass nicht alles so sein kann, wie es scheint", sagte Seamus.

Gwen nickte. „Wie bei Alice im Wunderland."

„Aber ohne die magischen Pilze", schnaubte Bianca. Beide Männer sahen sie verwirrt an.

„Im Ernst?", fragte Gwen. „Ihr habt *Alice im Wunderland* nicht gelesen?"

„Nö, keine Ahnung." Loch zuckte mit den Schultern und Seamus schüttelte den Kopf.

„Ich weiß nicht, was ich dazu sagen soll", sagte Bianca. „Außer, dass ich ein Buch für dich habe, das dich von den Socken hauen wird, wenn wir nach Hause kommen."

„Oder einen Film, wenn du das lieber magst", sagte Gwen.

„Oh, Filme! Ich liebe Filme", sagte Seamus fröhlich.

Gwen dachte an Lochs Geschichte über Danus Kampf gegen Carman zurück. Es war schön, ungezwungen über Filme oder Bücher zu sprechen, die sie lesen würden, wenn das hier vorbei war. Es musste eine gewisse Magie darin liegen, den Ausgang dieses Abenteuers zu manifestieren und einfach über die Zukunft nach der Schlacht zu sprechen.

„Was meint ihr, wie wir ans Ufer kommen? Hat dieses Ding ein Beiboot?" fragte Seamus, und sie drehten sich alle um, als sie ein Platschen hörten. Loch hatte es geschafft, von irgendwo auf dem Boot eine Rettungsfloß zu besorgen und es neben der Schwimmplattform ins Wasser geworfen.

Er hatte die Anweisung gegeben, nur das Nötigste mitzunehmen, und da Gwen ohnehin wenig bis gar nichts besaß, packte sie ein paar Lebensmittel ein und trug sie nach oben zur Schwimmplattform. Im Handumdrehen standen sie alle dort und betrachteten das Beiboot. Jetzt, wo es mit Kisten und Vorräten beladen war, sah es wesentlich kleiner aus.

„Das Boot zu verlassen macht mich nervös. Es ist unsere einzige Möglichkeit, von der Insel wegzukommen. Was passiert, wenn das hier alles verschwindet – zusammen mit dem Boot?" Gwen sprach schließlich die Sorge aus, die ihr im Hinterkopf herumschwirrte. Denn bevor sie gesungen hatte, war das Boot über Gewässer gefahren, die mehr als tausend Meter tief waren, ohne irgendwie gesichert gewesen zu sein, und jetzt lag es vor einer magischen Insel vor Anker, die außerhalb ihrer Vorstellung vielleicht gar nicht existierte.

Das war, gelinde gesagt, ein bisschen beängstigend.

„Hat deine Meerjungfrauenfamilie nicht gesagt, dass sie hinter dir steht? Gehört dazu nicht auch, dass sie dafür sorgen, dass unser Boot sicher ist?", meinte Bianca.

Loch warf Gwen einen Blick zu, woraufhin sie einmal nickte.

„Vertrauen. Ich verstehe. Na, dann." Gwen atmete aus und strich sich eine verirrte Haarsträhne hinters Ohr. „Wollen wir also die Insel des Schicksals erkunden?"

„Ich dachte schon, du würdest nie fragen." Bianca strahlte sie an und gemeinsam kletterten sie auf das Beiboot, um es von der Jacht abzukoppeln. Gwen murmelte eine leise Bitte an die Sirenen – oder die Göttin oder irgendjemanden, der sie hören würde –, ihre sichere Ein- und Ausfahrt zu schützen, bevor sie ihren Blick zum Horizont richtete. Dann machten sie sich auf den Weg.

„Ähem. Ich lasse nur ungern eure Seifenblase zerplatzen, meine Damen, aber dies ist ein Rettungsfloß. Fangt an zu rudern", sagte Loch hinter ihnen.

„Heutzutage bekommt man einfach keinen guten Service mehr", beschwerte sich Bianca, und alle hoben ein Paddel, um das Floß ans Ufer zu bringen.

Gwen bemerkte, dass sie den ganzen Weg über lächelte.

30

Gwen wollte nicht lügen, sie hatte mehr als nur einen kurzen Moment der Panik, als sie den Strand erreichten und sie sich umdrehte, um zu sehen, dass das Boot verschwunden war.

„Hey, das wird schon wieder. Es ist da. Ich verspreche, dass es da ist", beruhigte Loch sie, legte einen Arm lässig über ihre Schulter und drückte sie an seine Seite. Seine Wärme löste ihre Anspannung, aber Gwen konnte die Angst, die sie durchströmte, nicht ganz ablegen.

„Aber woher weißt du das?"

„Es ist da. Man muss Vertrauen haben. Glaubst du, dass die Meerjungfrauen hinter dir stehen, oder glaubst du das nicht?"

„Doch... ich denke schon. Aber was wäre, wenn ihnen etwas zustieße?"

„Dann sind wir definitiv geliefert", sagte Loch und lachte über die Verzweiflung, die über Gwens Gesicht zog. „War nur ein Scherz. Es ist alles in Ordnung. Und wir haben Wichtigeres zu tun als uns um das Boot zu kümmern. Es wird da sein, wenn wir es brauchen. Wenn nicht, mache dir keine Sorgen. Ich habe da so meine Mittel."

Gwen musste sich daran erinnern, dass er mehr als ein normaler Mensch war. „Richtig, du bist ein Zauberer. Das vergesse ich immer."

Loch stieß in gespielter Verärgerung einen Atemzug aus.

„Das ist nicht gerade gut für mein Ego."

„Es tut mir leid. Ich muss mich erst noch daran gewöhnen, dass die Leute um mich herum ständig Magie im echten Leben einsetzen", sagte Gwen, hielt ihre Armbänder in die Höhe und lächelte darüber, wie sie in der Sonne glitzerten.

„Ich frage mich, ob sie hier genauso funktionieren oder auf eine andere Weise", sagte Bianca, als sie sich zu ihnen auf den Strand stellte und die Armbänder betrachtete.

„Vielleicht schießt das Feuerarmband Feuer, weil das Eisarmband Eis schießt?" Gwen hoffte es. Das wäre phänomenal.

„Das kannst du gerne ausprobieren. Lasst uns die Hütten auskundschaften und sehen, ob wir Schutz finden, bevor wir unsere nächsten Schritte planen."

„Oder du kannst es gleich jetzt ausprobieren", rief Seamus. „Passt auf!"

Angst durchzuckte Gwen, als sie sich umdrehte, um zu sehen, worauf Seamus zeigte. Es war, als hätte sich ein senkrechter Riss am Horizont aufgetan – der Schimmer in der Luft teilte sich und gab den Blick frei auf das, was dahinter lag. Es war wie durch einen Schleier oder Vorhänge zu blicken und Gwens Gehirn kämpfte, um das einzuordnen, was sich jenseits dieser magischen Blase zeigte, in der sie sich derzeit aufhielten. Es war das pure Chaos.

Tausende und Abertausende von Domnua wüteten auf den Meeren, kletterten auf Booten herum und flogen auf geflügelten Schlangen des Todes über den Himmel, während sie glühende Blitze von Ungeheuern des Armageddon abfeuerten.

„Ich verstehe das nicht – warum sehen wir nur einen kleinen Teil von ihnen?", rief Gwen den anderen zu, die sich hinter Felsblöcken versteckt hielten. Als sie merkte, dass sie schutzlos dastand, huschte sie ihnen hinterher.

„Ich glaube, es ist der magische Wall der Insel. Sie versuchen, ihn zu durchdringen, so dass wir in Echtzeit sehen, was außerhalb dieser Blase passiert. Sie wissen, dass wir hier sind, aber sie scheinen nicht reinkommen zu können."

„Ein paar schon", sagte Seamus, stand auf und schaltete mit Leichtigkeit den Domnua aus, der es geschafft hatte, durch den Spalt zu schlüpfen, als er kurz wieder aufgerissen war.

„Glaubst du, die Magie wird halten?", fragte Gwen und umklammerte Lochs Arm.

„Sie wird halten", sagte Loch, und seine Augen trafen die ihren. „Aber es liegt auch an dir."

„Ich muss daran glauben", flüsterte Gwen und presste ihre Hände zusammen.

„Du musst daran glauben. Und deine Magie einsetzen. Und ein bisschen singen. Und wahrscheinlich noch eine ganze Menge anderer Dinge, die wir noch nicht ganz verstehen. Aber, ja, du solltest alle Werkzeuge einsetzten, die dir zur Verfügung stehen. Du darfst nicht mehr wie ein Mensch denken, verstehst du?"

Lochs Worte enthielten keinen Tadel, nur eine sanfte Aufforderung für Gwen, sich an die Macht zu erinnern, die sie in sich trug. Sie hob ihre Arme und keuchte, als sie sah, wie sich der Riss vergrößerte. Dann erblickte sie einmal mehr den Aufruhr, der außerhalb ihres magischen Reiches brodelte.

„Repariere einfach die Schneekugel", flüsterte Gwen vor sich hin und schoss Eis aus ihren Armbändern, das jeden Domnua, der durch den Riss schlüpfte, gefrieren ließ und ihn wieder füllte, bis er undurchdringlich war.

„Ich muss zugeben, deine Kräfte gefallen mir bisher am besten", sagte Bianca und brach das Schweigen, das nach Gwens eisigem Flickwerk eingetreten war. „Es ist verrückt, denn jetzt hast du eine Art Fenster in die jenseitige Welt geschaffen. Kannst du es sehen? Es ist etwas trüb, wie wenn man durch Milchglas schaut, das man manchmal in Duschen hat, aber man kann das Chaos draußen irgendwie sehen. Aber ja, alles wieder dicht", fuhr Bianca fort.

„Gut gemacht, Prinzessin", sagte Loch und zwinkerte ihr zu, bevor er sich umdrehte, um den Pfad hinaufzusteigen, der zu den Hütten oberhalb von ihnen führte.

„Ich kann nicht glauben, dass ich das gerade getan habe", sagte Gwen und warf einen Blick über ihre Schulter, während sie alle mit ihren Vorräten beladen den Hügel hinaufstapften. „Es ist wirklich... einfach nicht von dieser Welt."

„Genau genommen sind wir im Moment sowieso nicht wirklich in der Welt, oder?" sagte Bianca und stapfte fröhlich den Hang hinauf. „Wir sind in einer Parallelwelt. Ich würde sagen, im Moment ist alles möglich."

Um das zu verdeutlichen, schlug in der Nähe ein Blitz

ein, und es begann in Strömen zu regnen, während die Sonne nur wenige Zentimeter entfernt heiter schien.

„Siehst du? Alles ist möglich. Wenn die Grinsekatze auftaucht, würde ich sagen, wir haben den Verstand verloren."

„In Ordnung. Ich werde nach der Katze Ausschau halten. In der Zwischenzeit muss ich meine Denkweise überdenken", sagte Gwen.

Und die Möglichkeit in Betracht ziehen, dass sie vielleicht doch die Mächtigste auf diesem Abenteuer war.

31

Loch beobachtete Gwen und spürte eine Veränderung in ihr. Etwas fast Unmerkliches, aber er merkte, dass seine Augen öfter zu ihr wanderten, als ihm lieb war. Je mehr sie ihre Macht ausprobierte, desto selbstbewusster wurde sie.

Ein leichtes Lächeln umspielte ihre Lippen, als sie die Vorräte auspackte, die sie in die Hütte gebracht hatten – die Loch anscheinend mit ihr teilen würde, da Seamus und Bianca die kleinere Hütte ein Stück weiter den Hügel hinab in Anspruch genommen hatten. Wenn Loch allerdings etwas mitzureden hatte, würde er heute Nacht Wache halten und einen seiner Lieblingszauber beschwören, um ihm ausreichend Energie zu geben, um ohne viel Schlaf auszukommen.

Die Alternative war, mit Gwen in dem Bett zu schlafen, das er im Schlafzimmer der Hütte gesehen hatte – ein massives Himmelbett mit einem weißen Netz, das zwischen den Pfosten gespannt war und eine Art Baldachin aus

Spitze über dem Bett bildete, das mit seidiger Bettwäsche bezogen und mit Kissen überhäuft war.

Für eine verlassene Hütte mitten in den Hügeln hielt sie sicherlich einige Überraschungen bereit. Loch fragte sich kurz, ob es sich um eine Falle handelte oder ob es einfach die Art und Weise war, wie Gwens Familie sie zu Hause willkommen hieß. Er fragte sich auch, ob ihr klar war, dass es ihre Magie war, die sie jetzt in Sicherheit hielt und dass die Sirenen wahrscheinlich immer noch einen Krieg außerhalb der Grenzen dieser Insel führten.

Er blickte zu Gwen hinüber, als diese erfreut aufquietschte.

„Schau, Loch! Essensrationen, Whiskey – oh, und sogar Handtücher und Seife für das Bad!"

Oh ja, ihre Familie musste etwas damit zu tun haben. Sie würden auf keinen Fall zulassen, dass eine der ihren auf dem Boden schlief. Und genau dort wollte er schlafen – auf dem Boden in einem Schlafsack, so weit weg von der Versuchung, die Gwen darstellte, wie er nur konnte.

Er fluchte leise, als er die Hütte verließ, vorgebend, die Umgebung zu überprüfen, aber mehr, um zu versuchen, seinen Geist von Gwen zu befreien. Ihr Wesen schien ihn jedes Mal, wenn er in ihrer Nähe war, zu durchdringen. Selbst wenn er sie nicht sehen konnte, konnte er sie fühlen, ihre Lippen auf seinen schmecken, ihren nackten Körper vor seinem geistigen Auge sehen. Und was für ein grausamer Streich war das heute Morgen wieder gewesen, als er sie nackt gesehen hatte.

Es war, als würde sich das Universum über ihn lustig machen.

Ihre üppigen Kurven bettelten darum, berührt zu

werden – und zwar von ihm. Loch presste seine Hände fest zusammen, als er daran dachte, wie ihre Haut errötete, wenn sie wütend oder verlegen wurde. Er würde gerne sehen, wie ihr ganzer Körper glühte, aber von seiner Berührung, ihre Lippen geschwollen von seinen Küssen, ihre Haut rosa von seiner Zuwendung.

Oh, sie war die grausamste aller Verführerinnen, eine Frau, die die Macht in sich noch nicht ganz entdeckt hatte und nur darauf wartete, zu dem erweckt zu werden, was sie war.

Und Loch wusste, dass er den Schlüssel hatte. Er musste ihn nur benutzen.

Das wäre ihr gegenüber aber nicht fair, erinnerte er sich zum tausendsten Mal, während er die Schlösser an einem Fenster überprüfte.

Er war dazu bestimmt, allein zu sein. Egal, ob sein Herz sagte, sie sei seine Gefährtin, sein Verstand wusste es besser. Er würde stärker sein als sein Herz, versprach er sich.

Er musste es.

32

Für eine improvisierte Mahlzeit, zusammengewürfelt aus dem, was sie mitgebracht hatten, und dem, was Gwen und Bianca auf den Hügeln rund um die Hütten gefunden hatten – wobei sie immer in Sichtweite des stets wachsamen Lochs geblieben waren – war es köstlich. Dicke Brotscheiben mit Honig, eine Frucht, die fast leuchtend rosa war – und die keiner von ihnen kannte, die aber trotzdem ausgezeichnet schmeckte – und haufenweise Nüsse und Samen erwiesen sich als ausgesprochen sättigend.

„Gwen, woher weißt du, dass diese Frucht nicht giftig ist?", fragte Seamus erneut, und Gwen zuckte mit den Schultern.

„Ich weiß es nicht genau. Aber ich fühle es einfach."

„Sie ist gut. Mein Bauchgefühl sagt das Gleiche", sagte Loch, nahm ein Stück von der rosa Frucht und schluckte sie hinunter.

„Dann soll es mir recht sein", sagte Seamus.

Gwen bemerkte, wie sie alle anlächelte. Sie war

zufrieden inmitten dieser Hügel und beobachtete das Spiel des Lichts und den Wechsel der Jahreszeiten um sich herum. Es war, als könne sie sich zurücklehnen und einen Film ansehen, nur dass er sich direkt vor ihr abspielte, in Echtzeit. Wenn sie sich nach Schnee sehnte, musste sie nur über ein paar Hügel und Klippen klettern, und schon war sie mitten im Eis. Wenn sie sich für geschmolzene Lava interessierte, was nicht der Fall war, brauchte sie nur auf die andere Seite des Berges zu klettern. Aber das, was ihren Blick am meisten anzog, war ein kleiner Strand, der von allen Seiten von steilen Klippen geschützt war und wo das Mondlicht einen Lichtpfad wie ein Leuchtfeuer über das dunkle Wasser legte.

Sie würde dorthin gehen, an diesen Strand. So viel wusste sie. Aber zuerst würde sie warten, bis die anderen zur Ruhe gegangen waren. Das war etwas, das sie allein tun musste.

„Meinst du, wir sind heute Nacht sicher? Das heißt, müssen wir sehr wachsam sein oder können wir uns etwas ausruhen? Oder ist das die Zeit, wenn der sie angreifen werden?", fragte sich Bianca laut und nahm einen Bissen des mit Honig bestrichenen Brotes, wobei sich ihre Augen kurz in Ekstase über den Geschmack schlossen.

„Ich denke, wir werden vorgewarnt, falls etwas auf uns zukommt", sagte Gwen. „Hört mal – könnt ihr das Lied hören?"

Sie verstummten alle und hörten die Stimmen der Meerjungfrauen, die vom Ufer von den Windböen über das mondbeschienene Wasser und über die von der Sonne erleuchteten Hügel getragen wurden. Es war ein eindringliches Lied, eines, das vom Krieg, aber auch von Ehre und Schutz erzählte.

„Es ist wunderschön. Aber warum werden wir nicht davon angezogen? Ich meine, die Männer rennen nicht die Hügel hinunter, um diese schönen Frauen zu finden. Bedeutet das, dass sie Meerjungfrauen oder Sirenen sind? Oder beides? Ich bin mir nicht sicher, was ich von den Mythen halten soll. Was real ist, und was, na ja ...“ Bianca deutete auf ihre Umgebung, in der sich drei verschiedene Jahres- und Tageszeiten vermischten und in ihrem Blickfeld verschmolzen. „All das kommt mir ein bisschen unwahrscheinlich vor.“

„Ich denke, dass sich im Laufe der Zeit viele Mythen und Legenden vermischen. Und wahrscheinlich steckt in jeder Erzählung ein Körnchen Wahrheit. Aber diese Spezies hier? Ich würde sagen, sie sind sowohl Sirenen als auch Meerjungfrauen. Eine ganz eigene Mischung, wenn man so will“, sagte Loch, lehnte sich ins Gras zurück und blickte Gwen an. Sie nahmen die Mahlzeit draußen in der Nähe der Klippe vor einer der Hütten ein, um weiterhin die Schönheit der Insel vor sich tanzen sehen zu können, während sie gleichzeitig nach Gefahren Ausschau hielten. Es hätte ein gemütliches Sonntagspicknick sein können, wäre da nicht die dramatische Magie gewesen, die sie in ihren Bann zog, und das Wissen, dass jenseits der magischen Barriere der Insel ein Krieg tobte.

„Vielleicht vereinen sie das Beste von beidem? Sie haben den mächtigen Gesang und das Vergnügen, Meerjungfrauen zu sein, ohne Männer links und rechts abschlachten zu müssen“, sagte Bianca.

Gwen lachte ihr entzückt zu. Seit sie die Insel betreten

hatte, spürte sie nichts als gute Schwingungen. Sie schien eine der ihren zu erkennen und sie willkommen zu heißen.

„Ich denke, wir sollten sie niemals unterschätzen", sagte Loch leise.

„Das sehe ich auch so", sagte Gwen. „Mir scheint, wenn sie ein Lied singen wollten, das dafür sorgt, dass ihr in Sekundenschnelle lechzend zu ihren Füßen liegt, könnten sie das tun. Es ist eine bewusste Entscheidung, eine Absicht und ein überlegter Einsatz von Macht. Ich würde sagen, wegen meiner Blutsverwandtschaft und weil ich bin, was ich bin, werden wir beschützt. Wahrscheinlich auch wegen Lochs Rolle, obwohl er selbst sagte, dass er sich über die Beziehung zwischen den Feen und den Meerjungfrauen nicht sicher ist."

„Können wir sie dann einfach so nennen? Meerjungfrauen? Das klingt für mich freundlicher und macht es weniger wahrscheinlich, dass ich von ihnen gefressen werde", sagte Seamus.

Gwen warf den Kopf zurück und lachte. Das Geräusch schien die Klippen hinunter und von den Felswänden widerzuhallen, und kurz darauf hörten sie, wie es gespiegelt wurde, vervielfacht vom Klang derer, die weiter unten mit ihr lachten, während sie unter den Wellen tanzten.

„Wow, das ist unglaublich", hauchte Bianca. „Sie mögen es, wenn du glücklich bist."

„Dafür sorgen, dass Gwen bei Laune bleibt. Verstanden." Seamus nickte enthusiastisch. „Können wir irgendetwas für dich tun? Eine Fußmassage? Mehr Essen? Whiskey? Muss dein Bett neu bezogen werden, oder können wir dich auf unseren Schultern zu den Klippen tragen? Wir stehen Euch zu Diensten, schöne Meeresfee", sagte Seamus mit der Gestik eines Hotelportiers und senkte den Kopf.

„Meeresfee – das gefällt mir." Gwen lächelte ihn an.

„Es ist genauso schön wie Meerjungfrau. Und ich sehe dich schon vor mir, wie du mit deiner Lockenpracht durch das Wasser gleitest und aus deinen Armbändern Magie abfeuerst", sinnierte Bianca und musterte Gwen.

„Ja, ich kann es auch sehen. Die Fee der Meere, deren Zauber sich keiner entziehen kann..." murmelte Loch, und seine Augen trafen auf Gwens. Ihr Herz schien für einen Moment langsamer zu schlagen. Das Kraftfeld zwischen den beiden wurde stärker und erhitzte sie bis ins Innerste.

Bianca schaute zwischen den beiden hin und her, während die Stille sich ausdehnte.

„Ich glaube, das ist unser Zeichen, dass wir uns in die Hütte zurückziehen sollen. Obwohl es sich komisch anfühlt, im Sonnenschein zu schlafen. Ich frage mich, ob es den Leuten in Island auch so geht, während dieser langen Zeiten, wenn die Sonne nicht untergeht", murmelte Bianca und stupste Seamus an, damit er aufstand. Weder Gwen noch Loch schauten in ihre Richtung.

„Richtig, richtig. Gute Nacht. Wir werden auf jeden Fall lauschen, ob wir Warngesänge hören oder..." Seamus brach ab, als Bianca ihn den Pfad hinunterzog, froh, mit seiner Liebsten in ein abgelegenes Häuschen in den Hügeln zu verschwinden.

Gwens Augen fuhren über Lochs markanten Kiefer und seine undurchdringlichen braunen Augen, als er seinen Blick senkte und dann wegschaute. Der Mann hatte so viel Ehre, Zurückhaltung und eine Traurigkeit in sich, die sie noch nicht verstehen konnte.

„Ich habe Gefühle für dich", gab Gwen schließlich zu. Sie fühlte sich sicher an diesem Ort der Macht, bereit, Loch gegenüber verletzlich zu sein. Sie legte eine Faust auf die Stelle direkt unter ihren Brüsten. „Genau hier habe ich tiefe Gefühle für dich. Als wären wir auf eine Weise miteinander verbunden, die ich weder erklären noch verstehen kann."

Wenn überhaupt, sah Lochs Gesicht nur noch mürrischer aus, als er auf das Meer hinausblickte.

„Geht es dir nicht so? Bin ich die Einzige, die diese Gefühle hat?", fragte Gwen leise, ohne den Blick abzuwenden, um zu sehen, ob er ehrlich zu ihr und zu sich selbst sein würde.

„Ah, Gwen, du bist ein Augenschmaus, das stimmt", sagte Loch, ohne ihr in die Augen zu sehen, während er beiläufig mit den Schultern zuckte. „Aber ich habe dir gesagt, dass du dir keine falschen Vorstellungen von mir machen sollst. Das tun Frauen immer. Ich bin nicht dazu bestimmt, mich mit jemandem zu verpartnern. Es ist das Beste, wenn ein Zauberer seinen Weg allein geht, um nicht abgelenkt zu werden. Ich hoffe, du verstehst das."

Gwen verstand viel mehr, als er sagte, und sie lächelte verständnisvoll. Dieser Ort und die Macht, die sie hier spürte, hatten etwas an sich, das es ihr ermöglichte, über seine Worte hinaus die Wahrheit zu erkennen, die sich dahinter verbarg.

Lochlain, der hohe königliche Feenzauberer, hatte sehr tiefe Gefühle für sie, aber er ließ zu, dass ihn die Angst – die Angst vor dem, was sein könnte – zurückhielt. Es schien, als ob der große Zauberer nicht auf seine eigene Lektion hörte – dass das Eingehen großer Risiken große Belohnungen mit sich brachte.

„Ja, ich verstehe das", sagte Gwen, und Loch schenkte ihr ein erleichtertes Lächeln. „Es ist leicht, sich von der Leidenschaft einer Suchmission und eines Kampfes durcheinanderbringen zu lassen."

„Da hast du recht. Ich bin froh, dass du in dieser Sache vernünftig bist."

„Natürlich bin ich das. Ich würde mich niemals jemandem hingeben wollen, der nicht dieselben Gefühle hat wie ich", sagte Gwen und erhob sich, während Loch sich fast an seinem Whiskey verschluckte, weil sie so offen über ihre Unschuld sprach. „Ich bin sicher, dass ich keine Schwierigkeiten haben werde, diese Gefühle wiederzufinden, jetzt, wo ich sie so viel besser verstehe. Danke, dass du Geduld mit mir hattest und mir geholfen hast zu verstehen, was real ist und was nicht." Gwen beugte sich hinab und drückte Loch einen schwesterlichen Kuss auf die Wange. Sie musste beinahe lachen, als sie sah, wie sich die Fäuste des Mannes in seinem Schoß ballten. Unbeeindruckt? Nicht im Geringsten.

„Ich werde mich jetzt zum Schlafen fertig machen. Du solltest dich auch ausruhen. Hier bist du in Sicherheit."

33

G wen wartete, bis sie sicher war, dass Loch schlief. Dann folgte sie dem Ruf, der sie zum mondbeschienenen Strand weit unterhalb der Klippe, auf der ihre Hütte stand, zog. Getreu seinem Wort hatte Loch darauf bestanden, dass sie im Bett schlief, während er sich draußen im Gras ein Plätzchen suchte, geschützt von Felsbrocken und einem schönen Baumbogen, der ihn vor der Sonne schützte, die immer noch heiter hinter kleinen, vorbeiziehenden Wattewolken schien.

Sie hielt inne, lächelte Lochlain an und bewunderte ihn einen Moment lang in seinem entspannten Zustand, die Arme hinter dem Kopf verschränkt, die bräunlichen Augen hinter den geschlossenen Lidern verborgen. Seine breite Brust hob sich in leichten, gleichmäßigen Atemzügen, und Gwen sehnte sich danach, sich neben ihm zusammenzurollen und ihren Kopf an seine Brust zu legen, um von diesen starken Armen gehalten zu werden.

Später, versprach sie sich.

Gwen schlich leise an ihm vorbei, die Füße nackt, und ging schnell den Pfad hinunter, der sich an der Seite der Klippen entlang zog. Der Übergang vom Sonnenschein zum Mondlicht war nahtlos und sie drehte sich einmal um, um das Gefälle zwischen Tag und Nacht hinter sich zu bewundern. Der Wind ließ nach, als sie sich dem mondbeschienenen Ufer näherte, und bis auf das sanfte Plätschern der Wellen herrschte Stille. Gwen lächelte, streckte ihre Arme zum Mond und bewunderte die Art, wie das Licht über die Wasseroberfläche streute, wie tausend Kristalle, die über ein Band aus blauem Samt geworfen wurden.

Gwen grub ihre Zehen in den Sand, ließ das Wasser ihre Füße umschmeicheln und sehnte sich danach, im Wasser zu schwimmen. Aber sie würde es nicht tun, nicht jetzt, denn ihr Herz gehörte auch denen, die weit oben in den Hütten schlummerten. Es wäre ihnen gegenüber nicht fair, das Risiko einzugehen, zu schwimmen, wenn sie immer noch nicht wusste, wer und was sie war. Obwohl sie jeder Augenblick dieser Suche dem Verständnis ihrer eigenen Macht näher brachte, musste sie an auch andere denken. Einen Gang ins Meer zu riskieren, würde sie nur in Gefahr bringen, wenn sie sie retten müssten.

Gwen begnügte sich damit, das Gefühl des Wassers an ihren Füßen zu genießen, das Licht des Mondes, das ihr Gesicht streichelte, und die Magie der Insel, die dumpf in ihrem Inneren pulsierte. Das Blut der Insel rief nach ihrem, und sie wusste, dass sie eines Tages an diesen Ort zurückkehren würde.

Mit einem Lächeln auf den Lippen drehte sie sich um, um die Frau zu begrüßen, die aus dem Wasser stieg. Sie war nackt, mit einer Porzellanhaut, die ein perfektes Spiegelbild von Gwens eigener Haut war und hatte dichte Locken, die sich um ihre Schultern bis zur Taille schlängelten. Die Frau hob ihre Arme zum Himmel und war in ein Kleid aus hauchdünnem Mondlicht gehüllt, dessen schimmernder Faltenwurf sich um ihre Kurven schmiegte, während sie auf Gwen zuglitt.

Instinktiv neigte Gwen den Kopf, als die Frau vor ihr stehen blieb.

„Ich bin Amynta, Verteidigerin der Insel des Schicksals und deine Blutsmutter", sagte die Frau, und ein sanftes Lächeln spielte über ihr leuchtendes Gesicht.

„Meine Blutsmutter", hauchte Gwen und hob den Kopf, um Amynta in die Augen zu sehen, in denen sich ihre eigenen widerspiegelten. „Es ist mir eine Ehre, dich kennenzulernen."

Amynta neigte ihr Haupt königlich, wie eine Kriegerin, die ihre Nachkommen grüßte.

Gwen wusste, dass eine Umarmung dieser Frau eine Beleidigung ihres Status darstellen würde, und begnügte sich damit, sich jedes Detail ihrer Mutter einzuprägen. Sie spürte ihre eigene Stärke, als sie endlich die Magie verstand, aus der sie entstanden war.

„Wie ich sehe, ist es dir in deiner menschlichen Gestalt gut ergangen. Komm, geh ein Stück mit mir", sagte Amynta. Sie drehten sich beide um, um am Strand spazieren zu gehen, und in einem anderen Leben wären sie einfach eine Mutter und eine Tochter gewesen, die an einem schönen Abend am Wasser entlangschlenderten.

„Ja, es ist mir gut ergangen. Obwohl es eine Freude war,

zu entdecken, dass mehr in mir steckte, als ich wusste", gab Gwen zu.

„Deine Großmutter? Hat sie sich gut um dich gekümmert?", fragte Amynta.

„Sie ist wunderbar. Ich hätte keine glücklichere Kindheit haben können", schwärmte Gwen.

„Das beruhigt mich. Ich habe oft an dich gedacht und mich gefragt, ob du glücklich bist. Die Glückseligkeit ist ein Gefühl, das wir in unserem Volk sehr schätzen. Auch wenn wir die Schattenseiten des Lebens verstehen und damit umzugehen wissen, sind Glück und Freude ein hohes Gut."

„Ich habe das Glück gekannt. Es hat mir an nichts gefehlt", sagte Gwen. Sie lächelte Amynta an und wurde mit einem freundlichen Zurücklächeln belohnt.

„Dann war es die richtige Entscheidung gewesen, dich aufzugeben."

„Warum hast du es getan?" Gwen schluckte. Sie war von ihrer eigenen Kühnheit überrascht, aber sie wusste, dass jetzt oder nie der Zeitpunkt war, um Antworten zu bekommen. Nicht, dass sie darauf angewiesen war, aber es würde sicherlich ein weiteres interessantes Kapitel zu ihrer persönlichen Geschichte hinzufügen.

„Das ist eine berechtigte Frage, und ich will sie dir beantworten", sagte Amynta und neigte ihren Kopf einmal zu Gwen. „Du musst wissen, dass unsere Artgenossen Schwierigkeiten haben, schwanger zu werden. Normalerweise können nur Angehörige des Königsgeschlechts die Blutlinie weiterführen, aber dennoch wird sie verwässert. Ab und zu gibt es Meerjungfrauen, die sehr fruchtbar sind, und die Könige erlauben ihnen, ihre Kinder zur Welt zu bringen, weil sie die Vielfalt in unserer Blutlinie erhalten wollen."

Unzählige Fragen schossen Gwen durch den Kopf, aber sie wusste instinktiv, dass es an der Zeit war, einfach zuzuhören.

„Wir wählen unsere Liebhaber frei aus, denn wir glauben daran, dass man die Freuden zelebrieren muss, aber es gibt einige heilige Regeln."

„Es gibt also Männer?", platzte Gwen heraus. Sie stellte sich die Meerjungfrauen und Sirenen als eine große Gemeinschaft von Frauen vor, die wie die Amazonen über das Meer herrschten.

„Natürlich gibt es Männer. Aber wir Frauen sind ihnen ebenbürtig, wenn nicht sogar stärker als sie." Amynta lachte leise. „Es ist eine Gesellschaft, die die weibliche göttliche Kraft zelebriert, und wir können unsere Talente so einsetzen, wie wir es für richtig halten."

„Ich verstehe. Das gefällt mir", sagte Gwen, während sie ein wenig mit dem Fuß im Wasser spielte.

„Es ist eine Gesellschaft, die nicht ohne Probleme ist. Wir feiern die Freuden des Lebens, aber wir kennen auch Schmerz, Wut und Eifersucht. Und die Eifersucht war der Grund für meine Entscheidung, dir ein sicheres Zuhause zu geben."

„Du warst auf jemanden eifersüchtig?", fragte Gwen.

Amynta warf den Kopf zurück und lachte, ein wunderschöner Klang, der sich wie das Funkeln von tausend Sternen am Himmel anhörte, bevor sie den Kopf schüttelte.

„Nein, meine Schöne, ich war nicht auf jemanden eifersüchtig. Aber jemand war auf mich eifersüchtig."

„Ah", sagte Gwen.

„Du musst wissen, dass es viele Königshäuser in unserer Gesellschaft gibt, und zu ihnen gehören viele Prinzessinnen."

„Bist du eine Prinzessin?"

„Nein. Ich stehe etwas außerhalb der königlichen Familie – eine Unantastbare, wenn du so willst." Amynta schien in Gedanken nach der richtigen Formulierung zu suchen. „Als Verteidigerin unseres Volkes bin ich... würde man sagen, eine Göttin? Ich bin nicht unbedingt verpflichtet, den Anordnungen der Monarchen zu folgen, aber ich tue es oft, um den Frieden zu wahren. Sollte ich jedoch eine Entscheidung treffen müssen, die der Gesellschaft als Ganzes zugutekommt, selbst wenn sie der Entscheidung eines Königs entgegensteht, kann ich dies ohne Konsequenzen tun."

„Du bist eine Friedenswächterin."

„Ja, auch wenn ich dafür oft Gewalt anwenden muss. Es ist nicht immer ein einfaches Leben, diese magischen Wesen zu unterstützen und eine Insel zu verteidigen, die nicht viele kennen. Unsere Lebensweise ist vom Aussterben bedroht und nur durch große Sorgfalt und Beharrlichkeit können wir unsere Gesellschaft aufrechterhalten."

„Ich bin immer noch beeindruckt von der schieren Anzahl von magischen Wesen, die außerhalb dessen existieren, was den Menschen bekannt ist", gab Gwen zu. „Ich habe mich schon immer von Geschichten über sie angezogen gefühlt – aber zu erfahren, dass es sie wirklich gibt? Und dass ich eine von ihnen bin? Das ist erstaunlich. Ich kann mir gar nicht vorstellen, wie schwierig es sein muss, diese Insel vor ihrer Entdeckung zu bewahren."

Amynta nahm das Kompliment an, indem sie anmutig den Kopf neigte. Dann fuhr sie mit ihrer Geschichte fort.

„Es ist nicht immer leicht. Wir sind ein neugieriges Völkchen, und deshalb gibt es auch Mythen und Legenden über Meerjungfrauen. Wir gehen auf Wanderschaft. Auch ich bin eines Tages in die Ferne gegangen. Und da traf ich deinen Vater."

„Ein Feenmann."

„Ja, ein Feenmann. Von königlichem Blut, um genau zu sein. Er hat die Küste auf einem kleinen Boot erkundet, und ich konnte ihm nicht widerstehen, verstehst du?" Amynta hatte ein verträumtes, halbes Lächeln auf ihrem Gesicht. „Er sah so gut aus – bemerkenswert blondes Haar und eisblaue Augen. Ich ließ es zu, dass er mich sah und huschte unter der Wasseroberfläche herum. Anstatt Angst zu zeigen, lächelte er und winkte mich näher heran. Ohne Angst schwamm ich zu ihm und hielt mich an der Seite seines Bootes fest. Wir sprachen stundenlang an diesem Tag und noch viele Tage danach. Ich begann, ihn aufzusuchen und entfernte mich dabei immer weiter von meinem Revier, um ihn zu finden. Siehst du, das macht die Liebe mit dir. Sie ist die stärkste Kraft von allen und bringt dich dazu, diese Liebe über alles andere zu stellen. Eines Tages führte er mich auf eine kleine Insel vor der Küste, eine magische Insel, die den Menschen unbekannt ist und wir liebten uns. Unsere Liebe hat dich erschaffen." Amynta lächelte Gwen an.

„Was... was ist dann passiert? Hast du ihn wiedergesehen?"

„Das habe ich. Und wir haben uns beide sehr über die Schwangerschaft gefreut. In unseren beiden Kulturen wird ein Kind als Segen betrachtet – ein Geschenk von großer Freude. Wir sprachen darüber, dass deine Geburt eine Brücke zwischen unseren Völkern sein könnte, die vielleicht eine neue Lebensweise und einen neuen Vertrag des Friedens und der Verständigung ermöglicht. Obwohl wir jahrelang Seite an Seite gelebt hatten, hielten sich das Volk der Feen und das der Meere voneinander fern. Wohlweislich, wie ich vermute", sagte Amynta.

„Aber jemand war eifersüchtig auf dich."

„Eine Prinzessin, die nicht schwanger werden konnte. Sie kam zu mir, samt Entourage und bestand darauf, dich als ihr eigenes Kind zu nehmen. Sie verbot mir, deinen Vater wiederzusehen. Wie ich dir bereits sagte, habe ich die Macht, die Forderungen der königlichen Familie zu ignorieren. Aber du musst verstehen, welches Gewicht die Angst hat und welchen Grad der Verwüstung sie in einer Gesellschaft anrichten kann." Amynta schüttelte den Kopf und blickte hinaus auf das mondbeschienene Wasser. „Und die alte Bevölkerung fürchtete immer noch die Feen. Entweder würde ich dich der Prinzessin übergeben oder sie würden dich töten, weil sie fürchteten, du würdest böse Magie auf die Insel bringen."

„Aber wie hätte die Prinzessin das verhindern können, wenn sie mich aufgezogen hätte? Hätte ich nicht immer noch Feenblut in mir gehabt?", fragte Gwen.

„Ich sagte, sie seien mächtig. Ich habe nicht gesagt, dass sie rational sind."

Gwen dachte an das aktuelle politische Klima in der Welt und konnte dieser Aussage nur zustimmen.

„Als deine Geburt bevorstand, schlichen meine Schwester und ich uns davon, und sie half mir auf die Insel, auf der dein Vater und ich uns zum ersten Mal trafen. Ich brachte dich unter den Sternen zur Welt und übergab dich an ihn. Er hatte mir versprochen, für deine Sicherheit zu sorgen, und ich vertraute ihm, dass er das tun würde. Und er hat es getan, denn nun sind wir hier und können miteinander sprechen", sagte Amynta, und ein schwaches Lächeln spielte um ihre Lippen, als sie von ihrer großen Liebe sprach.

„Aber warum haben die Feen mich nicht behalten?"

„Es hat nicht sein sollen. Die Göttin Danu wusste, dass du eine höhere Bestimmung hattest, als Sucherin, und so hat sie dich zu deiner Sicherheit versteckt, bis die Zeit reif war. Aber eines musst du wissen, mein Kind, Sternenschein meines Herzens." Amynta drehte sich um und legte ihre Hände auf Gwens Schultern, wobei ihre Berührung Gwens Körper mit Magie durchströmte. „Du wurdest aus Liebe geboren und du wirst geliebt. Jede Entscheidung, die getroffen wurde, geschah aus Liebe. Erinnere dich daran, während du auf dieser Suche bist. Es wird dir sehr nützlich sein."

„Hast du... sprichst du noch mit meinem Vater? Was ist mit deiner Liebe?"

Amynta schüttelte den Kopf, ließ die Hände sinken und legte eine Handfläche auf ihre Brust.

„Die Liebe, wenn sie einmal gegeben wurde, lebt weiter. Er lebt hier in meinem Inneren, auch wenn wir nicht mehr zusammen sein können. Ich bin glücklich, mein Kind. Ich habe große Liebe erfahren, was mehr ist, als viele von sich sagen können. Und was ist mit dir? Wo ist deine große Liebe? Ich kann sie fühlen – in dir. Wo ist dieser Mann?"

„Er ist, wie mein Vater, ein Feenmann", gab Gwen zu.

„Und er schläft oben auf den Klippen, während wir sprechen."

„Warum warst du noch nicht mit ihm zusammen? Die Zeit ist kostbar, und niemand weiß, was morgen kommt. Man muss die Liebe empfangen, wo sie gegeben wird."

„Er will sie nicht geben. Er weigert sich, an sie zu glauben, und ich weiß nicht, warum", gab Gwen zu und grub ihren Zeh in den Sand, weil sie sich schämte, abgewiesen worden zu sein.

„Ach, du musst ihm erst deine Liebe schenken. Du musst es tun, aus freiem Herzen", sagte Amynta, Gwen sanft tadelnd.

„Ich habe ihm gesagt, dass ich Gefühle für ihn habe", protestierte Gwen.

Amynta warf den Kopf zurück und lachte erneut, wobei die Wellen vor Freude um sie herumtanzten.

„Gefühle gibt es viele. Liebe ist alles. Geh, sag es ihm. Besser noch, zeige es ihm. Deine Liebe ist ein wertvolles Geschenk, und wenn sie aus freiem Herzen gegeben wird, wird sie einen Mann für immer verändern. Vertraue darauf."

Gwen schloss für einen Moment die Augen und ließ diese Wahrheit auf sich wirken. Sie liebte Lochlain, den Feenmann, obwohl sie ihn erst seit kurzer Zeit kannte. Was war schon Zeit, wenn das Herz seinen Gefährten in einem anderen erkannte?

„Pass auf dich auf, mein Kind. Es tut meinem Herzen gut, dich in Sicherheit zu wissen. Erinnere dich daran, wer du bist, an das Blut, das durch dich fließt", sagte Amynta und strich mit ihren Lippen über Gwens Stirn, bevor sie sich langsam ins Wasser zurückzog. „Du musst nur nach mir rufen, und ich werde kommen. Meine Liebe liegt in dir."

Gwen lächelte, ein Teil ihres Herzens war so voll wie nie zuvor, und sie hob eine Hand zum Abschied, als Amynta ins Meer tauchte, ein Schimmer von Farben unter der Oberfläche, bevor das Meer wieder leer war.

Gwen richtete ihren Blick auf die Klippen und lächelte.

34

L och war wach, als sie zurückkam, und ging mit einem mürrischen Gesichtsausdruck vor der Hütte auf und ab.

„Wie schön, dass Ihr wieder da seid, Prinzessin", sagte Loch mit sarkastischem Unterton in der Stimme. Gwen lächelte ihn amüsiert an und tätschelte ihm die Wange, während sie an ihm vorbei in die Hütte und direkt zurück ins Schlafzimmer ging, in der Gewissheit, dass er ihr folgen würde, um ihr seine Meinung zu sagen.

„Du denkst vielleicht, du kannst tun, was du willst, aber das kannst du nicht. Es gibt noch andere Menschen, an die du denken musst, deren Leben du in Gefahr bringst, wenn du einfach losziehst, als ob du dich um nichts in der Welt kümmern würdest. Was wäre passiert, wenn du von den Domnua angegriffen worden wärst? Die Suche wäre vorbei", fauchte Loch hinter ihr.

Gwen drehte sich um, noch immer mit einem Lächeln auf dem Gesicht. „Aber nichts ist passiert. Und du bist mir sowieso gefolgt, also wusste ich, dass ich in Sicherheit war."

„Woher wusstest du, dass ich dir gefolgt bin?", fragte Loch mit einem gefährlichen Funkeln in den Augen.

„Weil ich dich fühle, Lochlain von den Feen", sagte Gwen, legte ihre Hand an ihr Herz und trat näher, bis sie nur noch Zentimeter von ihm entfernt war. „Du und ich – wir sind miteinander verbunden. Fühlst du es nicht auch?"

Gwen streckte ihre Hand aus und legte sie auf seine Brust. Sie war einen Moment lang ergriffen von der Art, wie sich die Muskeln unter ihren Händen abzeichneten, und spürte den Schlag seines Herzens unter ihrer Handfläche. Langsam neigte sie den Kopf, bis ihre Augen die seinen trafen.

„Gwen", sagte Loch, und es war sowohl eine Antwort als auch ein Appell.

„Ich liebe dich, Lochlain. Über alle Zweifel hinweg liebe ich dich. Ich schenke dir mein Herz, damit du damit machen kannst, was du willst", sagte Gwen demütig. Sie hatte die Kraft entdeckt, die darin lag, verletzlich zu sein – ihr Herz zu öffnen – und die Schönheit, die in den zarten Fäden der Hoffnung lag, die diesem Gefühl innewohnten. Als sich der Moment hinzog, richtete Gwen ihren Blick auf Loch und wartete.

„Das ist keine gute Idee. Liebe ist nur eine Ablenkung von der Suche. Wir müssen uns konzentrieren", sagte Loch, aber seine Proteste klangen selbst in seinen eigenen Ohren schwach.

„Glaubst du nicht, dass die Liebe uns stärker machen wird? Es ist einfacher, die Dunkelheit mit dem Licht zu bekämpfen", sagte Gwen, stellte sich auf die Zehenspitzen und drückte ihm ganz langsam einen Kuss auf die Lippen.

Zuerst sanft, aber als er keine Anstalten machte, sie aufzu-halten, presste sie ihre Lippen fester auf seine.

Der Moment hing zwischen ihnen und der Schmerz über die unbeantwortete Frage zog sich in die Länge, bis Gwen sich beinahe zurückzog. Doch dann griff er mit seinen Händen in ihr Haar und löste es aus den Nadeln, so dass es an ihrem Rücken herunterfiel.

„Ach, Gwenith, Fee des Meeres, du hast mein Herz verzaubert, auch ich liebe dich. Ich fühle mich zu dir hinge-zogen, seit ich dich das erste Mal gesehen habe. Ich bin fasziniert von deinem unverwüstlichen Geist, deiner Fähig-keit, im Angesicht der Dunkelheit zu lachen, und deiner sinnlichen Schönheit. Ich habe das nicht gewollt – und ich kann dir kein Versprechen für die Ewigkeit geben. Aber ich kann dir meine Liebe geben, in dieser Nacht, in diesem Moment – ich werde dich und unsere Gefühle ehren.“

Für Gwen war das ausreichend, denn wer konnte schon ein Morgen versprechen? Sie brauchte und wollte kein Versprechen für die Ewigkeit, wenn sie vielleicht schon am nächsten Morgen nicht mehr leben würde. Wärme erfüllte sie, und eine neue, unbekannte Kraft ließ sie einen Schritt zurücktreten. Den Blick auf ihn gerichtet, zog sie ihr Ober-teil über den Kopf und ihre Hose aus. Als sie nackt dastand, so wie er sie schon zweimal gesehen hatte, errötete sie, und zum ersten Mal, seit sie ihn geküsst hatte, war sie unsicher.

„Gwen, du bringst mein Herz zum Stillstand. Seit ich dich kenne, sehne ich mich danach, dich zu berühren. Du hast keine Ahnung, wie schön du bist und welche Macht du hast“, sagte Loch, trat vor und schlang seine Arme um sie, um ihren Mund noch einmal mit dem seinen zu erobern. „Ich habe mich gefragt, warum du dich gekleidet hast, als würdest du deinen Körper hassen, aber jetzt bin ich dankbar, dass du es getan hast. Denn du hast das schönste Geheimnis von allen für dich behalten, damit ich es erforschen kann."

Gwen schauderte bei seinen Worten, aber sie hatte keine Angst. Loch war ein ehrenwerter Mann, und sie vertraute ihm, dass er ihr zeigen würde, wie man liebte.

Sie keuchte auf, als er mit einer Hand eine ihrer Brüste fand und sie sanft berührte. Neue Empfindungen durchströmten sie, eine flüssige Hitze, die sie zittern ließ. Sanft öffnete er ihre Lippen mit seiner Zunge, kostete und neckte sie, ohne seinen Rhythmus zu unterbrechen, während er sie langsam zum Bett führte und sie sanft auf die seidigen Laken senkte.

„Ich will dich berühren", sagte Gwen und löste sich aus seinem Kuss, um ihm in die Augen zu sehen, die inzwischen zu glühen schienen. Sie nestelte an seinem Hemd, sie wollte seine Haut berühren, ihn sehen. Loch verstand, stand auf, entledigte sich rasch seiner Kleidung und stand nun mit seinem muskulösen Körper und in all seiner Männlichkeit vor ihr. Gwen schluckte, während ihr Blick an seinem Körper hinabwanderte. Sie würden auf keinen Fall zueinander passen.

Sie konnte nicht anders und fuhr mit ihren Händen über die harten Muskeln seiner Brust, über die Konturen seiner Bauchmuskulatur und blickte mit fragendem Blick zu ihm auf. Als er nickte, wagte sie sich noch tiefer. Entzückt erkundete sie ihn mit solchem Enthusiasmus, dass er schließlich ihre Hände ergriff, sie zu seinen Lippen führte und küsste, bevor er sie über ihrem Kopf festhielt. Er ließ sich nach unten sinken, bis sein Gewicht sie auf das

Bett drückte. Dann begann Loch mit seinen eigenen Erkundungen.

Gwen erschauderte, als seine Lippen eine empfindliche Stelle an ihrem Hals fanden. Er schmiegte sich an sie, blies seinen warmen Atem gegen ihre Haut und knabberte leicht an ihrem Ohr. Als er ihre Lippen erneut in einen brennenden Kuss zog, blieb Loch dort, bis Gwen an seinem Mund zu stöhnen begann und ihre Hüften sich von selbst zu bewegen begannen. Sie sehnte sich nach etwas, das sie noch nicht kannte.

„Gleich, meine Liebe, gleich", versprach Loch und wanderte mit seinen Küssen den Hals hinab, bis seine Lippen ihre Brüste fanden. Es war, als genoss er diesen Anblick zum ersten Mal, und Gwen rollte die Augen zurück. Er widmete dieser Stelle viel Zeit und Aufmerksamkeit, bis sie unter ihm zitterte und sich so sehr nach ihm sehnte, dass sie kaum noch atmen konnte. Dabei hatten sie gerade erst angefangen.

„Bitte ... ich brauche ..." Gwen ertappte sich dabei, wie sie bettelte, ihre Hände verhedderten sich in seinem Haar, ihre Hüften wölbten sich im Bett.

„Ich werde dir zeigen, was du brauchst, meine schöne Gwen", flüsterte Loch, während seine Lippen über ihren Bauch wanderten, das weiche Fleisch ihrer Schenkel fanden und sie dann dort teilten, wo sie ihn am meisten wollte. Sie konnte sich nicht mehr zurückhalten. Das neue Gefühl, auf diese Weise geliebt zu werden, brachte sie um den Verstand und schickte sie auf eine Welle der Lust, die so stark war, dass sich ihr Rücken über dem Bett krümmte und sie schließlich schluchzend ihre Erlösung fand.

„Du hast mich verzaubert, meine Herrin der Meere",

keuchte Loch, küsste sich ihren Körper hinauf und nahm ihren Mund noch einmal in einen Kuss, der durch die Art, wie er sich an sie presste, sehr intim wurde. „Ich werde dieses Geschenk, das du mir gemacht hast, für immer in Ehren halten – diesen Moment, den wir haben."

Gwen schluchzte an seinem Mund, als er ihr ihre Unschuld nahm, ihr aber im Gegenzug sein Herz schenkte. Denn nichts konnte wirklich verloren werden, wenn man Liebe gewann.

35

L och lächelte, als Gwen später am Abend eine weitere Premiere genoss – ein Bad mit einem Mann. Sie war entzückt, im angeschlossenen Badezimmer eine große Wanne vorzufinden und seufzte, während Loch ihren Körper wusch, sie langsam einseifte und besonders sorgfältig an den Stellen vorging, wo sie am empfindlichsten war.

„Ist es immer so? Fühlt es sich immer so gut an?", fragte Gwen und neigte ihren Kopf, um ihn liebevoll anzusehen.

„Nein, es ist nicht immer so. Sex ist natürlich lustvoll. Aber es gibt Lust um der schnellen Befriedigung willen und dann gibt es ein tieferes Vergnügen – die Liebe, sowohl körperlich als auch emotional. Es ist das, worum Schlachten geschlagen und Legenden geschaffen werden."

Liebestrunken starrte Gwen den Mann ihr gegenüber an, und lächelte. Loch sah diesen Blick, den Blick der wahren Liebe, und spürte, wie er wieder nervös wurde. Er war sich nicht sicher, ob er Angst hatte, weil er seine Mutter jahrelang um den Tod seines Vaters hatte trauern sehen und sich geschworen hatte, niemals so zu lieben, oder ob es daran lag, dass ihm einst von einem großen Seher ein anderes Schicksal erklärt worden war.

So oder so, er liebte diese Frau vor ihm – und doch hätte er sich besser in Zurückhaltung üben sollen, denn er konnte niemals mit ihr zusammen sein. Nicht wirklich. Und es war ihr gegenüber nicht fair, dachte Loch, während sie vor Liebe und Glück strahlte, mit geröteter Haut und ihren üppigen Kurven. Ihre frühere Nervosität, in seiner Nähe nackt zu sein, schien nun verschwunden zu sein.

„Erzähl mir von deiner Familie", sagte Gwen. Auf unheimliche Weise hatte sie erkannt, woran er gedacht hatte.

„Es sind nur meine Mutter und ich", sagte Loch und nahm wieder den Schwamm in die Hand, um träge Kreise um ihre Brust zu ziehen, was ihren Atem etwas stocken ließ.

„Du bist aus einem Ei geschlüpft, stimmt's?", fragte Gwen.

Loch lächelte sie an, obwohl ihn Traurigkeit überkam, als er an seinen Vater dachte. „Nein, mein Vater ist von uns gegangen. Gefallen in einer großen Schlacht, vor vielen Jahren."

„Das tut mir leid", sagte Gwen und streckte eine Hand aus, um sein Gesicht zu berühren. Ihr sorgenvoller Blick war echt.

Loch spürte, wie ihn dieses Verlangen überkam – er wollte seinen Kopf auf ihre Brust legen und sich von ihr halten lassen –, bevor er es wieder verwarf. Er musste der Beschützer sein, nicht sie. Er brauchte ihren Trost nicht.

„Ich glaube, es war schwieriger, meine Mutter trauern zu sehen", sagte er.

„Das kann ich mir vorstellen. War es eine große Liebe zwischen ihnen?"

„Eine für die Ewigkeit", sagte Loch und fuhr fort, sie zu waschen, wobei er seinen Blick auf ihren Körper und nicht auf ihr Gesicht richtete.

„Das ist ein furchtbarer Verlust, den du erleben musstest. Vor allem, wenn man als Kind versuchen muss, diese Lücke der Einsamkeit zu füllen. Das tut mir leid", sagte Gwen, die ihn wieder einmal zielsicher durchschaut hatte.

„Ja. Deshalb ist es nicht klug, so stark zu lieben", sagte Loch, der wusste, dass seine Worte nach dem, was sie gerade miteinander geteilt hatten, harsch klingen würden, aber er wollte, dass sie verstand, woher sein Schmerz kam. „Es ist töricht."

Gwen öffnete den Mund, um etwas zu sagen, aber Loch ließ sie verstummen, indem er seinen Mund über den ihren neigte, während er mit seinen Händen über ihren Körper fuhr. Er trieb sie schonungslos zum Höhepunkt, so dass sie aufstöhnte und unter ihm erschauderte. Dann hob er sie aus der Wanne, trug sie zum Bett und liebte sie mit einer Intensität, die sie nie vergessen würde.

Denn am Morgen würde er gehen müssen, bevor er ihr unschuldiges Herz, das noch immer von einer gemeinsamen Zukunft träumte, brechen würde.

36

„Guten Morgen, mein Hübscher", sagte Gwen, drehte sich im Bett um und erfreute sich am Anblick von Loch, der im Zimmer herumlief und ihre Sachen packte. „Willst du vielleicht wieder ins Bett kommen?"

„Dafür ist keine Zeit. Es ist das Beste, in Bewegung zu bleiben. Selbst wenn deine Familie die Domnua in Schach hält, ist es nicht fair, wenn wir uns einen faulen Tag machen, während sie da draußen für unsere Sache sterben."

Betroffen zog Gwen das Laken um sich, stand auf und machte sich auf den Weg ins Bad. An der Tür blieb sie stehen und drehte sich um, um ihn anzuschauen.

„Ich bin mir bewusst, dass wir mitten im Kampf sind, aber meine Mutter selbst hat gesagt, man solle die Momente ergreifen – die wichtigen Momente – und letzte Nacht war wichtig. Zumindest für mich."

Loch seufzte und fuhr sich mit genervtem Blick über das Gesicht.

In ihrem Kopf ertönte ein Warnsignal. „Oder bin ich naiv, wenn ich glaube, dass es nicht bedeutungslos war?"

„Hör zu, ich weiß, dass im Eifer des Gefechts viele Dinge gesagt wurden...", begann Loch, und Gwen hob eine Hand, während die andere das Laken fest umklammerte.

„Tu das nicht. Tu mir das nicht an. Mir nicht", sagte sie mit hoch erhobenem Kinn, und ihre Augen brannten vor unterdrückten Tränen.

„Die letzte Nacht war großartig, sicher, aber wie ich dir schon sagte – das ist nicht für immer. Ich hatte eine schöne Zeit und ich weiß, dass du auch eine hattest. Ich dachte, es wäre wichtig, dass dein erstes Mal mit jemandem stattfindet, der sich die Zeit nimmt, sich um dich zu kümmern und dir zu zeigen, wie Liebe sein kann."

„Da ist es wieder, dieses lästige Wort – ‚Liebe'", sagte Gwen mit zittriger Stimme. Sie wollte nicht weinen.

Loch fuhr sich mit der Hand durch die Haare, sah ausgesprochen unbehaglich aus und blickte immer wieder zur Tür.

„Gwen, ich finde dich unglaublich. Aber ich kann nicht mit dir zusammen sein. Verstehst du das? Es ist für alle das Beste, wenn wir es so lassen, wie es war. Eine schöne Nacht, auf die wir noch in Jahren zurückblicken können. Es ist Zeit, zurück in die Schlacht zu ziehen, den Speer zu finden und es hinter uns zu bringen. Unser Volk braucht uns."

Gwen starrte ihn an. Eine Million Dinge schossen ihr durch den Kopf. Sie wollte ihn anschreien, dass er log. Sie wusste, dass er etwas gefühlt hatte. Niemand konnte einen anderen so lieben, wie er es getan hatte, und trotzdem in seinem Innersten unberührt bleiben. Sie verstand einfach

nicht, warum er das tat. Gwen dachte an Amynta, wie stolz
sie gewesen war, und wie sie erklärt hatte, dass Liebe, einmal
gegeben, immer in ihrem Herzen bleiben würde. Sie hatte
Loch letzte Nacht ihre Liebe gegeben, und was auch immer
kommen mochte, ihre Liebe lebte in ihm. So wie seine in
ihr lebte.

„Du hast Recht, Loch. Unser Volk braucht uns. Danke
für die Erinnerung, und ich werde aufpassen, dass ich dich
von nun an nicht mehr von der Suche ablenke. Vielleicht
solltest du die Umgebung überprüfen, während ich unsere
Vorräte fertig zusammenpacke?"

Ein Ausdruck der Erleichterung ging über Lochs
Gesicht und er versetzte Gwen einen Stich ins Herz. Es war
Erleichterung darüber, dass sie kein großes Drama daraus
machen würde. Erleichterung, dass er ohne sie weiterziehen
konnte. Obwohl sie versuchte, an Amyntas Worte zu
denken, durchströmte sie der Schmerz.

„Ich würde allerdings vorschlagen...", sagte Gwen und
brachte Loch dazu, an der Tür stehen zu bleiben und sich
umzudrehen, „dass du das nächste Mal, wenn eine Frau dir
ihr Herz ausschüttet, vorsichtiger mit deiner Reaktion bist.
Es ist nicht nett, und ich hatte mehr Rücksicht von dir
erwartet. Aber wenigstens weiß ich jetzt, was ich bei
meinem nächsten Liebhaber vermeiden muss."

Der dunkle Sturm, der bei der Erwähnung eines
anderen Liebhabers über Lochs Gesicht zog, verstärkte nur,
was sie innerlich fühlte. Der Mann liebte sie, und er war ein
Idiot. Aber warum nur?

Frustriert ließ sie unter der Dusche den Tränen freien
Lauf und versprach sich selbst, dass sie versuchen würde,

ihr Herz nicht zu verschließen – egal, was kommen würde –, so wie es ihr Amynta gesagt hatte.

Und so würde sie in den Kampf ziehen, für den Speer und für die Liebe und für alle, die es wagten, an ein Happy End zu glauben.

Das Geschrei trieb Gwen aus der Hütte und sie drehte den Kopf rasch in alle Richtungen, bis sie Seamus und Loch streitend am Rande der Klippen sah. Als Seamus eine Hand zurückzog, um Loch zu schlagen, hätte Gwen fast losgeschrien, hatte aber Angst, sie abzulenken, so dass sie stürzen könnten.

Sie waren zu weit weg, als dass sie hätte hören können, was sie sagten, aber Gwen ahnte, worum es ging. Loch wich dem Schlag aus und drehte Seamus den Rücken zu. Gwen sah ungläubig zu, wie er sich einen Seesack über die Schulter warf und über den Gebirgskamm hinweg aus dem Blickfeld verschwand.

„Was zum Teufel?", hauchte Gwen.

„Oh, Gwen, ist alles in Ordnung?" Bianca kam um die Hütte gesprungen und warf ihre Arme um Gwen, zog sich zurück und sah ihre Freundin an wie eine Glucke, während sie sorgfältig Gwens Gesicht studierte.

„Mir geht's gut, alles in Ordnung. Was ist hier los? Warum der Streit?", fragte Gwen und schaute über Biancas

Schulter, um zu sehen, wie Seamus zurückgeschlichen kam. Sein sonst so sonniges Gesicht schien in Wut gehüllt.

„Loch hat uns von letzter Nacht erzählt – und davon, wie er mit dir verblieben ist. Er sagte uns, wir sollten auf dich aufpassen und dass er nicht mehr in deiner Nähe sein könne. Seamus hat einen Anfall bekommen. Er hat auch ein paar gute Schläge gelandet – nicht, dass Loch großen Widerstand geleistet hätte."

„Er hat was?", würgte Gwen. Er hatte anderen von ihren privaten Momenten erzählt?

„Als Seamus ihn fragte, warum er ging, hat er es uns erzählt. Es tut mir so leid, Schatz. Geht es dir gut? Was kann ich für dich tun? Hat er dich wenigstens gut behandelt? Ich schätze, das ist eine blöde Frage nach dem, was heute Morgen war, aber du weißt, was ich meine – war er vorsichtig? Oh, ich kann nicht glauben, dass ich so etwas frage. Ich mache mir im Moment nur solche Sorgen um dich", sagte Bianca. Sie tätschelte Gwens Arme unbeholfen und sah so unglücklich aus, dass Gwen seufzte und sie in eine Umarmung zog.

„Mir geht es gut. Mir geht es wirklich gut. Er hat mir eine wunderbare Nacht beschert und ich werde mit dem Schmerz von heute Morgen schon fertig. Schließlich stamme ich aus einer langen Reihe von Kriegergöttinnen und so weiter, nicht wahr? Herzschmerz mag neu für mich sein, aber es ist sicherlich nichts, womit ich nicht umgehen kann", sagte Gwen und war Bianca dankbar, dass diese sie noch einmal extra fest drückte, bevor sie zurücktrat. Beide drehten sich zu Seamus um, der so unbeholfen aussah, wie es nur möglich war, und der die Hände zusammenpresste, während er versuchte herauszufinden, was er sagen sollte.

„Seamus. Danke, dass du meine Ehre verteidigt hast. Das war nicht nötig, aber ich weiß es zu schätzen", sagte Gwen und versuchte, ihn zu beruhigen. „Ich bin stark genug, um damit fertig zu werden."

Seamus musterte sie einen Moment lang, und als er sah, was er sehen musste, nickte er.

„Es ist wirklich ätzend. So darf man eine Frau wie dich nicht behandeln", sagte Seamus kopfschüttelnd, während er die Vorräte schulterte. Schweigend nahmen sie jeder ein Päckchen und sahen sich dann um.

„Ich nehme an, wir sollten in die Richtung gehen, wohin er gegangen ist? Oder in die andere Richtung?", fragte Bianca, während sie wütend dorthin nickte, wo Loch in den Hügeln verschwunden war.

„Feuer und Eis", murmelte Gwen und deutete auf den Ort, wo geschmolzene Lava auf schneebedeckte Gipfel traf. „Wir können genauso gut mit dem Feuer beginnen."

Sie gingen eine Weile schweigend weiter, zum einen, weil die Aussicht so überwältigend war, und zum anderen, so dachte Gwen, weil es ihnen peinlich war, was zwischen ihr und Loch passiert war. Ihr leichter Muskelkater erinnerte sie bei jedem Schritt an die Nacht zuvor, und sie tat ihr Bestes, um ihre Gedanken auf ein anderes Thema zu lenken. Als sie den Sonnenschein hinter sich ließen und nahtlos in den mondbeschienenen Teil der Insel übergingen, deutete Gwen auf den Strand unter ihnen.

„Ich habe gestern Abend meine Mutter getroffen", sagte sie.

Bianca schnappte nach Luft und drehte sich begeistert zu ihr um. „Erzähl mir alles."

Als Gwen mit der Geschichte fertig war, leuchteten

Biancas Augen vor Freude über die neuen Informationen über die Meerjungfrauen förmlich, während man Seamus ansah, dass ihm etwas dämmerte.

„Jetzt erinnere ich mich... Lochs Vater! Langsam ergibt alles einen Sinn", sagte Seamus und Gwen wurde flau im Magen.

„Ich schwöre bei Gott, wenn du mir sagst, dass Lochs Vater auch mein Vater ist, stoße ich dich von diesem Berg herunter", sagte Gwen.

„Was? Nein! Um Gottes Willen, nein. Tut mir leid, wenn ich diesen Eindruck erweckt habe", sagte Seamus, und zum ersten Mal seit gestern sah sie, dass ein Lächeln über sein Gesicht huschte.

„Was ist mit seinem Vater? Er hat mir gesagt, dass er gestorben ist."

„Das stimmt. Im Grunde ist es eine der bekanntesten Geschichten unseres Volkes. Ich habe euch doch erzählt, dass Loch ein großer Zauberer ist, oder?", sagte Seamus, und sie versammelten sich um ihn, um der Geschichte zu lauschen, während sie langsam den Bergrücken entlanggingen und der Vollmond ihnen den Weg leuchtete.

„Nun, seine Familie ist unter den Danula sehr bekannt. Vor allem sein Vater ist legendär für die Fortschritte, die er unserer Gesellschaft gebracht hat, und für die große Magie, die er angesichts der schlimmen Bedrohungen für die Feen gewirkt hat. Ich spreche von Ereignissen auf höchster Ebene, von denen man in Legenden und Mythen hört."

„Sein Vater war also ein großer Zauberer", sagte Bianca.

„Ja, das war er. Und seine Mutter – oh, sie ist eine der großen Schönheiten der Feenwelt, eine der begehrtesten Frauen in unserer Geschichte. Aber sie hatte nur Augen für

Lochs Vater. Sie hatten eine dieser Liebesbeziehungen, die die Zeit überdauern. Leider traf seine Mutter eines Tages ein sehr dunkler Zauber."

Die Haut in Gwens Nacken kribbelte. „Dunkle Magie?"

„Wie ihr wisst, ist es für Feen schwierig, Kinder zu bekommen und auszutragen. Loch war noch jung, vielleicht sieben oder so, und seine Mutter wünschte sich verzweifelt mehr Kinder. Sie war zu einer Heilerin gegangen, von der sie gehört hatte, weit weg von unserem Reich. Die Heilerin versprach starke Magie, um ihre Fruchtbarkeit zu fördern."

„Oh nein", flüsterte Bianca.

„Seine Mutter stimmte bereitwillig zu, ohne zu wissen, dass der Eid, den sie unterschrieb, ein Schwur der Blutmagie war. Das heißt, sie würde ihr eigenes Leben dafür geben, um ein weiteres Kind zu gebären. Die dunkle Magie wurde von den Nasslirus ausgeübt, die die Seelen großer Schönheiten und mächtiger Zauberer raubten, um sich ein Parallelreich nach ihren eigenen Vorstellungen zu erschaffen."

„Sein Vater versuchte also, die Nasslirus zu töten?"

„Nun, ja. Gewissermaßen. Sie wurde schwanger, und eines Tages, als die Geburt kurz bevorstand und sie überglücklich waren, kam ein schwarzer Vogel – schwarz wie die Nacht – an ihre Tür und überbrachte die Botschaft des Unheils. Dass der Tag der Geburt auch eine Zeit des Todes sein würde."

„Oh ... oh nein." Gwen schüttelte den Kopf.

„Also griff sein Vater ein. Er reiste in das Reich und fand die Hexe. Er opferte sich an Ort und Stelle, bevor

Lochs Mutter protestieren und bevor etwas geändert werden konnte. Er wusste, wie Blutmagie funktionierte. Das Problem war, dass der Vertrag hieb- und stichfest war. Die Nasslirus waren erfreut – jetzt würden sie eine viel mächtigere Seele bekommen als Lochs Mutter. Seine Mutter trauerte ihr ganzes Leben lang schwer um den Verlust. Egal, welche Verehrer kamen, egal, welche Magie versucht wurde, um ihre Seele zu besänftigen, sie hat sie nie angenommen. Stattdessen widmete sie ihr Leben der Hilfe für andere und kümmert sich um Loch und seine Schwester mit einer Hingabe, die man kaum nachvollziehen konnte, wenn man die Tragödie dahinter nicht kannte."

Gwen hatte ein flaues Gefühl im Magen. Ihr Herz litt mit dieser Frau, die sie nicht einmal kannte, und für den armen kleinen Jungen, der seinen Vater verloren hatte.

„Jetzt, so scheint es, würde er alles für sie tun. Sein Vater hat das ultimative Opfer im Namen der Liebe erbracht, und Loch würde vermutlich das Gleiche tun. Ich denke, dass er sich deshalb weigert, dich zu lieben", sagte Seamus und verzog den Mund vor Traurigkeit.

„Aber er liebt mich doch", beharrte Gwen. „Ich kann es fühlen. Ich weiß, dass er es tut."

„Warum läuft er dann vor dir weg? Für einen Mann, der die Ehre so ernst nimmt..." Bianca brach ab und schüttelte den Kopf.

„Er ist zur Strafe hier. Er hat ein heiliges Gesetz gebrochen", platzte es aus Gwen heraus. Sie hatte sein Geheimnis für sich behalten, aber was den Umgang mit Geheimnissen betraf, schien nun sowieso alles möglich zu sein. „Weißt du, was das bedeuten könnte?"

Seamus blieb so plötzlich stehen, dass sie auf ihn aufliefen. Es entstand ein Dominoeffekt, der sie fast vom Berg purzeln ließ.

„Ich habe gehört, dass kürzlich ein heiliges Gesetz gebrochen wurde. Es wurde geflüstert, dass das Blut der Göttin Danu gestohlen wurde. Aber wofür und von wem, das wusste niemand. Wir sind alle davon ausgegangen, dass der Täter sofort bestraft und hingerichtet wurde", sagte Seamus und schüttelte verwirrt den Kopf. „Aber aus welchem Grund hätte Loch das tun sollen?"

„Was bewirkt das Blut?", fragte Bianca neugierig.

„Man sagt, dass es Menschen, die auf dem Sterbebett liegen, augenblicklich heilt."

Bianca und Gwen drehten sich um und sahen sich an.

„Er hat seine Mutter gerettet", sagte Bianca.

Gwen ließ ihren Blick über die Hügel schweifen, wo das Mondlicht über die geschmolzene Lava fiel, die in Rinnsalen die zerklüfteten Felsen hinunterlief. Die Erkenntnis traf sie so plötzlich, dass sie nach Luft schnappen musste. Sie streckte die Hand aus und umklammerte Biancas Arm.

„Er will den Speer auf eigene Faust finden. Er versucht, mich vor Schaden zu bewahren. So wie sein Vater es für seine Mutter getan hat."

„Dieser Idiot!", rief Bianca, dann seufzte sie. „Aber irgendwie auch romantisch."

„Romantisch? Er bringt sich noch um. Er hat keine Ahnung von den Kräften dieser Insel!" Gwen schrie fast vor Frustration. „Dieser verfluchte Kerl muss alles allein machen. Merkt er denn nicht, dass wir das zusammen durchstehen müssen?"

„Ich weiß nicht, ob er jemals wirklich jemanden hatte, mit dem er etwas ‚zusammen' getan hat, weißt du?", fragte

Seamus. „Abgesehen von seiner Mutter, die versucht hat, ihm alles zu geben, hat er sich um alle großen Herausforderungen selbst gekümmert. Er hat sich auch um seine Mutter gekümmert und ihr das Leben gerettet. Er trifft die Entscheidungen. Er ist nicht daran gewöhnt, eine Familie zu haben, die auf ihn aufpasst oder einem Team anzugehören.“

„Er wird noch ein böses Erwachen erleben“, sagte Gwen grimmig und blickte noch einmal auf die Lava hinaus. „Pass bloß auf, Lochlain von den Feen. Ich werde dir noch ein paar ernsthafte Lektionen zum Thema Teamarbeit erteilen.“

38

„Wie kannst du wissen, wo er hingegangen ist?",
brummte Bianca und der Schweiß rann ihr über
das Gesicht, während sie vorsichtig über zerklüftetes
schwarzes Gestein liefen und dabei den Lavaströmen
auswichen.

Gwen drehte sich um und grinste – ein fast manisches
Grinsen, da war sie sich sicher. Sie klopfte sich auf die
Brust. „Ich spüre es. Hier drin."

„Was immer du sagst, Meeresfee, aber kannst du ihm
vielleicht sagen, dass er sich von der Lava fernhalten soll?
Das Zeug ist wahnsinnig heiß", beschwerte sich Bianca.

Seamus schnaubte. „Vielleicht spricht man deshalb
auch von glühend heißer Lava?"

„Du hast Glück, dass du süß bist", brummte Bianca,
warf Seamus aber trotzdem einen Kuss zu.

Gwen lächelte, aber ihr Blick war nach innen gerichtet.
Eine Energie schien sie zu durchdringen, eine Energie der
Wahrheit und der Richtigkeit, und sie verband sich mit ihr,
weil sie wusste, dass tief im Inneren die Liebe alles besiegte.

Mit offenem Herzen ließ sie sich Schritt für Schritt dorthin ziehen, wo sie Loch vermutete.

Bianca beschwerte sich weiter, aber auf heitere Art. „Man sollte meinen, dass ich bei all den Wanderungen und Kämpfen, die ich mitgemacht habe, etwas Gewicht verlieren würde." Es war eine anstrengende Wanderung, und wenn Gwen nicht ihr ganzes Leben lang Wanderungen in den Bergen unternommen hätte, wäre sie sicher in schlechter Verfassung gewesen. Biancas Geplauder verlangte nach keiner Antwort, aber es war ein angenehmes Hintergrundgeräusch, und so hörte sie halb zu, als sie sich einen steilen Anstieg nach dem anderen hinaufarbeiteten. Und so ging es immer weiter, bis selbst Seamus rot im Gesicht war und vor Anstrengung schnaufte.

„Die Luft ist ganz schön dünn hier oben", sagte er.

Gwen nickte. Sie war außer Atem und kaum in der Lage zu sprechen, so sehr war sie darauf konzentriert, Loch zu finden. Sie wusste, dass er in der Nähe war. „Wir müssen weitergehen", drängte Gwen und spürte, wie ihr die Panik über den Rücken kroch. Sie wirbelte herum und schaute auf das, was hinter ihnen lag. Unter ihnen brachen die Wellen im Mondlicht und verschluckten die roten Lavaströme. Es sah aus, als würde der Berg ins Meer bluten.

„Irgendetwas stimmt nicht. Wir müssen weg von hier", sagte Gwen und begann zu rennen, wobei die Steine unter ihren Füßen zerbröckelten und Hunderte von Metern ins Wasser unter ihnen stürzten.

„Gwen! Nicht so schnell! Du fällst noch!", kreischte Bianca, aber Gwen rannte weiter, so trittsicher, wie sie es noch nie gewesen war. Sie kannte diese Berge instinktiv, denn sie waren aus dem Blut ihres Volkes geboren. Als sie über den obersten Felsvorsprung sprang, geriet sie ins Schleudern und schlug sich vor Schreck die Hände vors Gesicht.

Die Domnua hatten die magischen Barrieren durchbrochen und strömten auf die Spitze des Berges, als ob ein Damm gebrochen wäre.

Und Loch stand da, die Arme zum Himmel erhoben, und nahm allein den Kampf mit ihnen auf.

„Das kann unmöglich dein Ernst sein", kreischte Bianca von hinten. „Von allen hitzköpfigen, dummen, männlichen Dingen, die man tun kann, kommt er ausgerechnet auf die Idee, loszustürmen und hier allein zu kämpfen? Wie soll er jemandem helfen können, wenn er sich umbringen lässt? Und wozu? Dumme Ehre, dumme Männer! Ich schwöre bei Gott, ich werde ihn persönlich in den Hintern treten, wenn das hier vorbei ist", sagte sie, hob ihren Dolch, stürmte an der verblüfften Gwen vorbei und stürzte sich in den Kampf.

„Sie ist etwas Besonderes, nicht wahr?" Seamus grinste, hielt Pfeil und Bogen bereit und begann, die Domnua auszuschalten, die Lochs Bann durchbrochen hatten und seiner Geliebten nun zu nahekamen.

Trotz allem musste Gwen lachen, als sie sich kopfüber in den Kampf ihres Lebens stürzte – aus Liebe.

39

„Verschwinde von hier!", stieß Loch wütend hervor, als Gwen sich neben ihm in den Kampf stürzte. Sie hatte die Armbänder erhoben und versuchte, den Riss in der Barriere mit Eis zu schließen. Als sie erkannte, dass es aussichtslos war, die immer größer werdende Lücke zu schließen, wandte sie ihre Aufmerksamkeit stattdessen den Domnua zu, die sich dem Gipfel näherten, auf dem sie standen.

„Den Teufel werde ich tun. Wir stecken da zusammen drin, du und ich", sagte Gwen, während sie Lochs Einsatz von Zaubersprüchen bewunderte, mit denen er Welle um Welle von Domnua niedermähte.

„Es ist meine Aufgabe, dich zu beschützen", erwiderte Loch.

„Und es ist meine Aufgabe, den Speer zu finden – nicht deine. Ich liebe dich, Lochlain. Du wirst diese Schlacht nicht alleine kämpfen. Das ist es, was Liebe bedeutet, die schwierigen Dinge gemeinsam anzugehen." Gwen duckte sich, als ein Pfeil an ihrem Kopf vorbeiflog. „Und ich bin mir ziemlich sicher, dass dies zu den schwierigen Dingen zählt."

„Du bist verrückt, weißt du das?", sagte Loch und Ärger huschte über sein Gesicht, als er einen weiteren Zauber über den Gipfel schleuderte, der den Berg unter ihnen zum Beben brachte, so dass die Domnua auf der Seite herabstürzten und auf den zerklüfteten Felsen weit unten in den Tod stürzten.

„Verrückt nach dir", sagte Gwen heiter und schoss einen Eisblock auf einen Domnua, der Bianca zu nahekam, die daraufhin fröhlich zurückwinkte.

„Ich kann nicht weiterleben, wenn du verletzt wirst", schrie Loch schließlich. „Ich darf dich nicht verlieren, nicht auf diese Weise."

„Der Morgen ist nicht versprochen, Lochlain. Das wissen wir beide. Warum kehrst du der Liebe heute den Rücken?", schrie Gwen zurück, während noch mehr Domnua hervorströmten.

„Also gut, du Verrückte", gab Loch schließlich nach. „Meine Zauberin und Meeresfee – ich liebe dich und du kannst mit mir kämpfen."

Gwen grinste vor Freude. „Ich liebe dich", rief sie, dann stöhnte sie, als sie merkte, dass sie von den anderen drei durch einen Fluss aus Domnua getrennt wurde. Ein geflügelter Drache durchbrach die Barriere, so groß, dass Gwens Herz stehen blieb. Hunderte von Domnua ritten auf seinem Rücken, und Gwen schrie auf, als ihr klar wurde, dass sie nun von ihren Freunden, ihrem Team und ihrer Liebe getrennt war.

Sie sah entsetzt zu, wie der Drache einen Zauber aus seinem Maul stieß, der alles übertraf, von dem sie je gehört hatte. Er hüllte ihre Freunde und ihren Geliebten in perfekte Eissäulen ein und ließ den Berg, auf dem sie standen, erschüttern, bis er vor Wut grollte und in Wellen Lava aus dem Gipfel spuckte. Gwen verlor ihre Freunde aus den Augen. Ihre Augen versuchten verzweifelt zu erkennen, an welcher Stelle sie ins Wasser stürzten. Dann glitt sie ins Schwarze und prallte mit einer solchen Heftigkeit auf, dass sie Sterne sah, bevor die Dunkelheit sie überkam.

40

Gwen blinzelte. Ihre Augen hatten Mühe, sich an die Dunkelheit um sie herum zu gewöhnen, und das einzige Licht war ein schwacher Schein, der von einem Ort kam, den sie nicht identifizieren konnte. Sie keuchte auf, als der Boden unter ihr erneut bebte. Als sie sich aufrappelte, stellte sie fest, dass sie in eine Art Loch oder Höhle im Inneren des Berges gefallen war. Die Geräusche von tausend schreienden Domnua, die verzweifelt versuchten, zu ihr zu gelangen, trieben sie voran.

Sie tastete sich an der Wand entlang, stolperte vorwärts und ließ sich vom warmen Schimmer den Weg weisen. Als sie merkte, dass sie sich in einer Art Tunnel befand, bahnte sie sich ihren Weg weiter in den Berg hinein. Tränen liefen ihr über das Gesicht, während sie versuchte, nicht wieder im Geiste den Moment zu erleben, in dem ihre Freunde und ihre Liebe vom Berg geweht worden waren.

„Ich schwöre bei meinem Leben, dass ich euch alle rächen werde", zischte Gwen. Mit bloßen Händen räumte sie die Felsbrocken aus dem Weg und der Schweiß rann ihr übers Gesicht, während sie sich dem Licht näherte, das nun immer heller wurde. Als sie um eine Ecke bog, kam Gwen ins Stolpern und blieb stehen, die Hände auf den Knien und die Brust voller Schmerz und Frustration, während ihr Tränen und Schweiß übers Gesicht liefen.

Der Speer von Lugh, umhüllt von etwas, das wie Kristall aussah, leuchtete hell vor ihr auf.

„Oh... bitte, bitte, ich brauche dich jetzt", flehte Gwen und stürzte nach vorne, um ihre Hände auf etwas zu schlagen, das sich als riesiger Eisblock herausstellte. Im Inneren glühte die feurige Spitze in einem wütenden Rot, und Gwen erinnerte sich an die Geschichte, dass der Speer in kühles Wasser oder Eis gehüllt werden musste, damit er nicht alles um sich herum zerstörte.

Sie erinnerte sich auch daran, dass keine Schlacht gegen denjenigen gewonnen werden konnte, der ihn führte.

Sie runzelte die Stirn und begann mit aller Kraft und Entschlossenheit auf das Eis einzuschlagen, um es zu brechen. Dann schrie sie frustriert auf, als nicht einmal ein Splitter herausbrach. Blut rann an ihren Händen unterhalb der Armbänder herab, und sie hielt sie hoch, um ihre innere Energie zu kanalisieren und mehr Eis darauf zu schießen, in der Hoffnung, dass der Block zerbrechen würde.

Sie schlug hart auf dem Boden auf, als die Eisdolche auf sie zurückprallten und sie fast erschlugen. Gwen rollte sich zusammen und schluchzte vor Verzweiflung, während ihre Gedanken wieder zu denen wanderten, die sie liebte und die über die Klippe gestürzt waren.

Hier war er endlich, der Speer, doch sie konnte nichts damit tun, um ihre Freunde zu retten – oder die Welt, die auf sie angewiesen war.

„Du hast geschworen, sie zu rächen, Gwenith. Oh, Gwenith der Meeresfeen, Zauberin, Sirene der Meere, die mit den Feen tanzt", murmelte Gwen fast zusammenhanglos in ihrer Erschöpfung und Angst. „Du hast an einem Tag Liebe gefunden und verloren. Was für eine Macht bleibt dir noch?"

Die Erkenntnis traf sie so plötzlich, dass Gwen sich fast vor den Kopf gestoßen hätte. Wie konnte sie sich nicht an das Versprechen erinnern, das Amynta ihr abgenommen hatte?

Sie verschränkte die Arme vor der Brust und schloss die Augen. Das Blut lief aus den Schnittwunden an ihren Händen und Handgelenken und befleckte ihr Oberteil über dem Herzen. Gwen blickte tief in sich hinein und öffnete ihr Herz für die Liebe. Für die Liebe, die Loch ihr gegeben hatte und die tief in ihr wohnte, für die Liebe ihrer Freunde, ihrer Oma, sogar ihres dummen kleinen Katers Macgregor – und sie ließ sich von der Liebe durchströmen.

Sie hob ihr Kinn, öffnete den Mund und sang – ein uraltes Lied der Liebe, von dunklen Legenden, von gewonnenen Herzen, geschlagenen Schlachten und gesungenen Liedern. Es war das Lied der Sirenen, das Lied der Feen, die im Meer tanzten, das Lied vom Volk ihres Vaters und vom Volk ihrer Mutter. Die Musik strömte aus ihr heraus, donnerte durch den Raum, hallte an den Wänden wider und zerschmetterte das Eis um den Speer in tausend winzige Splitter.

Und noch immer sang Gwen, den Speer in der Hand, während sie durch ein Loch kletterte, das sich in der Seite des Berges aufgetan hatte. Sie sog frische Luft in ihre Lungen, während sie den höchsten Gipfel erklomm, den

Speer über ihren Kopf erhoben, ihr Lied über das Land tragend.

Unter ihr schrien die Domnua beim Anblick des Speeres entsetzt auf – sie wussten, dass gegen ihn kein Kampf gewonnen werden konnte. Gwen sprang aus der Hocke auf und begann, einen Domnua nach dem anderen zu durchbohren. Sie sang wie eine Verrückte und freute sich, als sie hörte, wie ihr Volk weit unten in den Wellen mit ihr sang und sich ihre Stimmen zu einem donnernden Crescendo erhoben.

Als der Drache vom Himmel fiel und der letzte Domnuakrieger in den Tod stürzte, senkte Gwen den Speer und neigte ihr Haupt. Sie weinte um die, die sie verloren hatte, und wusste, dass sie nie wieder die Liebe finden würde, die sie für so kurze Zeit gekannt hatte.

Mit Blick auf den Horizont sprang sie mit ausgebreiteten Armen in einem perfekten Schwalbensprung vom Gipfel und ging zu ihrem Volk.

41

Das kalte Wasser verschlang Gwen, zog sie in die Tiefe und hieß sie zu Hause willkommen. Als der Schweiß und das Blut und der Kummer im salzigen Wasser des Meeres von ihr abgewaschen wurden, ließ sie sich einfach schweben. Sie sehnte sich nach der Gedankenlosigkeit des Nichts und ließ sich immer weiter auf den Grund fallen.

Hände packten sie, rissen sie aus der Taubheit, mit der ihr Verstand den Schmerz zu verdrängen versucht hatte, und zogen sie an die Oberfläche. Gwen brach durch das Wasser und Tränen liefen ihr über das Gesicht. Sie schnappte nach Luft, wollte den Schmerz des Verlustes nicht spüren.

„Beruhige dich, mein Kind. Weine nicht. Du hast heute etwas Großes vollbracht", sagte Amynta und schwamm ihre Tochter mühelos zum Ufer, während der Speer hell zwischen ihnen leuchtete. Vorsichtig, ohne den Speer zu berühren, schlang Amynta einen Arm um die Taille ihrer

Tochter und half ihr aufzustehen, als sie das Ufer erreichten. Zum ersten Mal blickte Gwen um sich und blinzelte, als sie ihr Volk sah – Hunderte von Meerjungfrauen und Wassermännern, die ihr sowohl an Land als auch im Wasser zujubelten und sie ihre Liebe und Unterstützung spüren ließen.

„Dein Volk erweist dir die Ehre, Gwen", rief Amynta, und Gwen hob den Speer zum Dank. Sie stand auf wackeligen Beinen und versuchte, zum Dank ein Lächeln aufzusetzen. Doch ihre Gedanken kreisten noch immer um diejenigen, die sie an diesem Tag verloren hatte.

„Eure Königin", sagte Amynta, ihren Arm immer noch um Gwens Taille gelegt, und stupste sie an, dass sie sich verbeugte, als eine Meerjungfrau mit silbernen Sternen im Haar, die eine funkelnde Krone bildeten, durch das Wasser glitt und sich vor sie stellte.

„Du hast deinem Volk heute einen großen Dienst erwiesen", sagte die Königin, und ihre Stimme klang wie Mondlicht, das auf dem Wasser schimmert. „Vielleicht hatten wir zu Unrecht Angst vor einem Halbblut wie dir. Was du heute hier getan hast, bringt uns einen großen Schritt weiter auf dem Weg zu einer engeren Verbindung mit dem Volk der Feen."

„Die Feen sind an diesem Tag auch für Euch gestorben. Vielleicht solltet Ihr bedenken, dass es nicht um Rasse gegen Rasse geht, sondern um Gut gegen Böse. Wir stehen das alle gemeinsam durch", sagte Gwen, wobei sie verdrossen auf den Verlust von Seamus und Loch hinwies, ohne sich darum zu kümmern, ob sie unhöflich klang.

Die Königin sah überrascht aus, dass man so mit ihr sprach, und Gwen hörte, wie ihre Mutter scharf einatmete.

Gwen senkte den Kopf und wartete auf das, was als nächstes kommen würde.

„Das ist ein guter Punkt, den wir bei unserer nächsten Zusammenkunft im Hohen Rat besprechen werden. Für den Moment möchten wir uns mit einem Geschenk bedanken", sagte die Königin.

Gwen hob den Kopf und sah mehrere Wassermänner, die etwas näher am Ufer schwammen. „Ich bin mir nicht sicher...", sagte sie, unfähig herauszufinden, was da vor sich ging.

„Deine Freunde", sagte die Königin und sah selbstzufrieden aus. Gwen schrie auf und rannte über den Sand, während die Wassermänner vorsichtig drei Eisröhren absetzten, in denen ihre Freunde steckten.

„Nein, nein, nein", sagte Gwen, schockiert über den Anblick ihrer gefrorenen Gesichter, die in Angst und Schrecken erstarrt und für immer in Eis eingeschlossen waren. Welchen Sinn hatte es, sie ihr auf diese Weise zu präsentieren? War die Königin wirklich so grausam?

„Was würdest du von mir denken, wenn ich falsch singen würde...?" Amynta überraschte Gwen, indem sie die Worte summte, die sie zuvor auf dem Boot gesungen hatte, ihr altes Lieblingslied von Joe Cocker, und Gwen verstand, was sie tat.

Mit weit ausgebreiteten Armen und erhobenem Speer sang Gwen aus der Tiefe ihrer Seele und rief alle Magie aus allen Welten herbei, um mit ihrem Sirenengesang das Eis zu brechen, das ihre Freunde und ihre einzige wahre Liebe gefangen hielt.

Als das Eis zerbrach und sich die drei aufsetzten, als wären sie aus einem Nickerchen erwacht, sank Gwen im

Sand auf die Knie, den Speer immer noch in der Hand, und schluchzte vor Dankbarkeit. Amynta kauerte sich neben sie, flüsterte ihr zu, dass sie sie liebte und verschwand dann rasch mit dem übrigen Meeresvolk. Obwohl sie wussten, dass die anderen sie gesehen hatten, waren sie immer noch ein Volk, das zurückgezogen lebte und sich nicht länger als nötig blicken ließ.

„Du hast den Speer!", keuchte Bianca.

Gwen sprang auf und warf sich unter Tränen und Gelächter ins Wasser, während Bianca der glühenden Speerspitze auswich.

„Sei vorsichtig mit dem Ding. Ich habe gehört, dass es ganze Welten zerstören kann", sagte Bianca und klopfte Gwen schwach auf den Rücken. Gwen lachte unter Tränen und Seamus gab ihr einen Kuss direkt auf den Mund, bevor er Bianca zu einem fröhlichen Tänzchen über das Ufer schwang und ihr Lachen von den Klippenwänden widerhallte.

„Du hast ihn gefunden", sagte Loch.

Gwen drehte sich um und strahlte ihn freudig an. „Ja, das habe ich", sagte sie.

„Ich kann nicht glauben, dass du ein solches Risiko eingegangen bist", sagte Loch, stand auf und stapfte davon.

Gwens Mund blieb offen stehen. Sie blickte auf den Speer in ihrer Hand und war so wütend, dass sie ihn einen Moment lang hochhob, um sein Gewicht zu prüfen und darüber nachzudenken, ob sie ihn dem sturen Blödmann einfach in den Kopf rammen sollte. Seufzend ließ sie den Speer sinken und rannte ihm hinterher.

Sie mussten diese Sache ein für alle Mal klären.

42

„D as kann wohl nicht dein Ernst sein", schrie Gwen, während Loch weiter wutentbrannt vor ihr weglief. „Kannst du mir bitte nochmal sagen, warum ich dich gerettet habe, wenn du dich so undankbar aufführst?"

Loch wirbelte herum. Auf seinem schönen Gesicht lag Wut.

„Ich bin nicht undankbar. Ich bin wütend."

„Für mich sieht es undankbar aus", sagte Gwen, die Hände in die Hüften gestemmt, als Loch vor ihr auf und ab ging.

„Nicht du solltest den Speer finden. Sondern *ich*. Du hättest in der Hütte zurückbleiben sollen, in Sicherheit, während ich mich um alles kümmere", wetterte Loch.

„Eilmeldung: So ist es nicht gelaufen", sagte Gwen und hielt den Speer in die Höhe.

Loch schüttelte nur den Kopf und fluchte einmal mehr.

„Du musst eine absolute Vollidiotin sein, so auf den

Berg zu klettern und dich in die Gefahrenzone zu begeben. Was hast du dir dabei gedacht?", fragte Loch.

„Ich bin eine Idiotin? *Ich?*", sagte Gwen und deutete auf ihre Brust. „Ich bin nicht diejenige, die eine Idiotin ist. Du kehrst meiner Liebe den Rücken zu und sorgst dafür, dass ich mich fühle wie der letzte Dreck? Du lässt mich links liegen, nachdem du mir meine Unschuld genommen hast, und verkündest dann, dass du mich liebst? Und das alles, weil du mich vor Schaden bewahren wolltest? Und ich bin die Idiotin?"

„Nun, ja", sagte Loch und schüttelte verwirrt den Kopf. „Warte, schieb mir jetzt nicht für alles die Schuld zu."

„Oh, ich muss dir dafür nicht die Schuld zuschieben. Die hast du bereits", sagte Gwen, während ihr Temperament hochkochte. „Wie kommst du darauf, dass irgendetwas davon eine gute Idee war? Der ganze Sinn meiner Existenz als Sucherin ist, dass ich den Speer finden muss. Selbst wenn du es versucht hättest, hättest du ihn nicht finden können. Und es tut mir leid, aber du kannst nicht einfach alles allein machen. Ich weiß, du willst die beschützen, die du liebst – aber zu welchem Preis? Du würdest dein Leben geben, um mich zu beschützen?"

„Natürlich würde ich das", sagte Loch automatisch.

Gwen schlug sich mit der freien Hand an die Stirn. „Hast du denn nichts von deinem Vater gelernt?"

Lochs Gesicht verzog sich zu einem Unwetter.

„Sprich nicht so von ihm. Er liebte meine Mutter über alles."

„Das verstehe ich, und was er für sie getan hat, war sehr edel von ihm. Aber wenn er nicht so schnell alles für sie geregelt hätte, hätten sie vielleicht gemeinsam eine Lösung finden können. Man kann sich nicht einfach blindlings in Gefahr stürzen, um die zu schützen, die man liebt. Manchmal muss man darauf vertrauen, dass man es gemeinsam schaffen kann", sagte Gwen geduldig.

„Wozu? Damit wir beide sterben?", spottete Loch.

„Lieber sterben wir beide im Kampf für dieselbe Sache, als dich an deine Doofheit zu verlieren. Hast du nicht gesehen, was für ein Leben deine Mutter hatte? Warum solltest du mir dasselbe antun? Ich habe dich doch gerade erst gefunden." Gwens Stimme überschlug sich vor Bitterkeit. Sie war den Tränen nah.

„Ich... ich weiß es nicht. Ich weiß nicht, wie ich anders sein könnte. Das ist alles, was ich gelernt habe. Ich musste noch nie Entscheidungen *mit* anderen treffen. Ich war so lange im Beschützermodus", gab Loch schließlich zu und wischte sich verzweifelt mit der Hand über das Gesicht.

„Nun, jetzt könnte es ein Uns geben", sagte Gwen und trat vor, um zu ihm aufzuschauen. „Wenn du es zulässt. Wenn du dich dafür entscheidest."

Loch blickte auf sie herab und die Welt schien still zu stehen, während er den Atem anhielt. Gwen sah die Antwort in seinen Augen, erkannte die Liebe, von der sie die ganze Zeit gewusst hatte, und lächelte zu ihm hoch.

„Ich will es so, denn du hast mein Herz verzaubert", murmelte Loch und brachte seine Lippen in einem leidenschaftlichen Kuss auf ihre. Gwen hielt den Speer unbeholfen zur Seite. Sie wollte sich nicht von diesem Kuss, der ihre gemeinsame Zukunft besiegelte, lösen.

„Du wirst mich auch Entscheidungen treffen lassen

müssen, weißt du?", sagte Gwen, als sie sich trennten. „Auch ich habe Macht."

Loch seufzte und blickte auf ihre Armbänder hinunter.

„Mein Leben wird nie langweilig werden, das stimmt wohl."

„Wer will schon ein langweiliges Leben? Magst du eigentlich Katzen? Ich habe einen wunderbaren Kater, der auch gerne in der Feenwelt leben würde." Gwen plauderte weiter, während Loch einen Arm über ihre Schulter legte und lachte, als sie ihm von Macgregor erzählte.

„Wie ich sehe, seid ihr euch einig geworden", sagte Seamus und nickte den beiden zu, als sie auf sie zukamen. Mit kühlem Blick musterte er Loch, der nach vorne trat und seine Hand ausstreckte.

„Es tut mir leid, mein Freund. Du hast gesehen, was ich nicht sehen konnte. Du hattest jedes Recht, mich zur Rede zu stellen", sagte Loch.

Seamus nahm seine Hand. „Hauptsache, du siehst ein, warum du ein Idiot warst", sagte er, und Loch lachte und zog ihn in eine kurze Umarmung.

„So, und jetzt müssen wir das Boot finden und den Speer abliefern", sagte Bianca fröhlich. Sie stöhnten alle auf, als sie die gigantischen Klippen um sich herum betrachteten und feststellten, dass das Boot auf der anderen Seite der Insel vor Anker lag.

„Niemand hat gesagt, dass es einfach sein würde", betonte Bianca.

„Aber es ist schön, ein wenig Unterstützung von der Familie zu bekommen", sagte Gwen und zeigte auf den Felsen, an dem die Jacht festgemacht war, ein weiteres Geschenk ihres Volkes.

„Dieses Meerjungfrauen-Ding ist so verdammt cool", hauchte Bianca.

Gwen lachte und zog sie in eine weitere Umarmung. „Ich erzähle dir alles unterwegs."

43

„Du bist sicher, dass wir dorthin müssen?", fragte Loch noch einmal, während er die Jacht auf die Klippen zusteuerte, die aus der Küste im Westen Irlands herausragten. Die letzten zwei Tage der Überfahrt waren unbeschwert und fröhlich gewesen. Sie hatten sich Geschichten erzählt, während sie sich an einer Kühlbox mit Früchten und Leckereien von der Insel des Schicksals bedient hatten. Die Augen aller waren vom Licht der Liebe erfüllt.

Es war fast wie eine kleine Kreuzfahrt für Verliebte und Gwen konnte sich jedes Mal, wenn sie Loch ansah, ein Grinsen kaum verkneifen. Vielleicht war es ja doch möglich, dass das verschrobene Mädchen, das sich vor allem für Videospiele interessierte, hin und wieder das Herz eines gutaussehenden Superhelden erobern konnte. Loch zeigte ihr seinerseits mit großer Freude, dass sie auf ihre Weise ausgesprochen mächtig war, und sie wurde langsam selbstbewusster, sowohl im Schlafzimmer als auch außerhalb.

„Ich meine, vielleicht auch nicht, aber die letzten

beiden wurden zu Grace's Cove geschickt, um der Göttin Danu die Schätze zur Aufbewahrung zu übergeben." Bianca zuckte mit den Schultern.

Loch war stiller und angespannter geworden, je näher sie der Bucht gekommen waren. In der Nacht zuvor war es Gwen schließlich gelungen, ihm die ganze Geschichte über das heilige Blut zu entlocken, das er gestohlen hatte, um seine Mutter zu retten. Als sie Seamus und Bianca die Geschichte erzählt hatte, waren sie sich einig, dass die Göttin ihn auf keinen Fall weiter bestrafen würde, nachdem er so viel Mut bewiesen hatte, indem er sein Leben für sein Volk aufs Spiel setzte.

Aber Loch zuckte nur mit den Schultern. „Ein heiliges Gesetz ist ein heiliges Gesetz."

Das trug wenig zu Gwens Beruhigung bei, als sie sich der Bucht näherten. Sie war sich nicht sicher, was sie tun würde, wenn die Göttin Lochs Leben als Strafe nehmen würde, nach allem, was sie gerade durchgemacht hatten.

„Sie ist wirklich wunderschön", gab Gwen zu, als sie das Boot in die schmale Öffnung der Bucht lenkten und sofort von den hohen Felswänden umschlossen wurden. Es war, als ob sie von zwei Armen umarmt wurden – oder stranguliert, je nach Betrachtungsweise, dachte Gwen, die bereits den Druck der Magie auf ihrer Haut spürte.

Sie wartete, während Bianca eine Art Opferritual vollzog, das sie unbedingt durchführen wollte, bevor das Boot weiterfuhr. Als sie schließlich den Anker warfen und das Beiboot zu Wasser ließen, hielt Gwen inne und legte ihre Hand auf Lochs Arm.

„Egal, was passiert, ich möchte, dass du weißt, dass ich

hinter dir stehe. Ich liebe dich und werde dich immer lieben", sagte Gwen.

Loch lächelte sie an und strich ihr mit dem sanftesten Kuss über die Lippen. „Meine Liebe lebt in dir, was auch kommen mag", flüsterte Loch an ihrem Mund, und Gwen spürte, wie ihr Herz bei diesen Worten höherschlug. Mit dem Speer in der Hand ließ sie die anderen das Beiboot ans Ufer rudern, während ihr Verstand fieberhaft versuchte, die Gedanken an das, was nun drohte, zu verdrängen.

Wenn sie die Macht des Speers richtig verstanden hatte, konnte niemand einen Kampf gegen die Person gewinnen, die ihn führte. Und das schloss auch eine Göttin ein – jedenfalls hoffte Gwen das.

„Und jetzt?", fragte Gwen, als sie alle am Ufer standen und das Wasser sanft über den goldenen Sand plätscherte.

„Wir warten", sagte Loch. Sein Gesicht war wie versteinert.

Sie mussten nicht lange warten. Die Göttin tauchte wie aus dem Nichts auf und schlenderte über den Strand, als ob sie zu einem Picknick käme.

Gwen musste zugeben, dass die Göttin Danu atemberaubend war, zauberhaft und von großer Schönheit. Es umgab sie ein Schimmer ihrer Macht. Alle fielen auf die Knie und verneigten sich, ihre Größe anerkennend.

Außer Gwen.

Stattdessen trat sie vor, während Loch hinter ihr leise fluchte. Sie stand vor der Göttin, den Speer im Anschlag, und blickte Danu direkt an.

Die Göttin legte den Kopf schief und hob eine perfekte Augenbraue. Gwens Kühnheit überraschte sie.

„Ihr dürft Lochs Leben nicht nehmen. Es ist mir egal,

was er getan hat. Er hat sich das Recht verdient, zu bleiben", sagte Gwen und hielt den Speer fest, während sie die Göttin anschaute.

„Gwen, das kannst du nicht machen", zischte Loch von hinten.

„Doch, das kann und werde ich tun. Du hast deine Schuldigkeit getan. Du bist ein ehrenwerter Mann. Ich werde es nicht zulassen", sagte Gwen, ohne den Blick von der Göttin abzuwenden. Der Augenblick dehnte sich aus, und man konnte keine Seele am Strand atmen hören. Der Wind stand still, selbst das Wasser gefror an Ort und Stelle, während die Bucht mit angehaltenem Atem darauf wartete, was die Göttin tun würde.

Sie lächelte.

„Du hast eine würdige Gefährtin gefunden, Lochlain", sprach die Göttin Danu schließlich und neigte ihren Kopf kaum einen Zentimeter. „Ich bin einverstanden. Und obwohl du es nicht als Bitte formuliert hast, werde ich es als solche auffassen."

„Es war keine – ", begann Gwen, aber Loch unterbrach sie.

„Es war eine Bitte in meinem Namen, von meiner Geliebten", sagte Loch mit gesenktem Kopf.

„Und eine, die ich ehren werde, denn nicht nur sie selbst, sondern auch du und eure Freunde haben großen Mut bewiesen. Ich denke, du hast auch deine Lektion über die Liebe gelernt, nicht wahr, Loch?"

Lochs Augen funkelten, während er Danu ansah.

„Ich verstehe, dass es keine Einbahnstraße ist, meine Göttin."

„Gut. Dann freue ich mich, dass es so gelaufen ist, wie

ich es mir vorgestellt habe. Ich danke dir für deine Dienste", sagte die Göttin Danu und streckte ihre Hand nach dem Speer aus.

Gwen sah sie noch einen Moment lang an, dann ließ sie den Speer los, woraufhin die Göttin den Kopf zurückwarf und lachte.

„Oh, Lochlain, es wird mir eine Freude sein, dein Leben mit dieser Frau zu beobachten. Ihr habt meinen Segen." Mit diesen Worten verschwand sie aus dem Blickfeld, und der Speer verschwand mit ihr.

Gwen brach fast im Sand zusammen, ihr Körper zitterte.

„Ich heirate eine Verrückte", entschied Loch und blickte auf die zitternde Gwen an seiner Seite.

„Heiraten?", fragte Gwen. Sie sah ihn liebevoll an.

„Nun, was dachtest du, was das hier ist?", fragte Loch und beugte sich vor, um sie zu küssen. Seamus und Bianca lachten vor Vergnügen, als die Bucht von innen heraus in einem leuchtenden Blau zu strahlen begann und das Licht langsam nach oben stieg, um sich auf die Schultern der Liebenden zu legen.

Die Göttin lächelte von oben auf sie herab, fast ein bisschen wehmütig – denn sie hatte Lochlain immer gemocht. Aber, wie sie immer gewusst hatte, war er nicht für sie bestimmt.

Doch genau wie der Speer, den sie jetzt in der Hand hielt, fand die Liebe immer ihr Ziel.

EPILOG

Der Lichtschimmer tanzte um die Lampions, die wie von Zauberhand in den Bäumen hingen und durch und durch so aussahen, als hätte jemand Diamanten in die Äste geworfen. Die Feen liebten Glitzer, dachte Gwen, während sie einer Frau zulächelte, die an ihnen vorbeitanzte und jeden, an dem sie vorbeikam, mit Strängen aus violetten Kristallen krönte.

„Ich weiß nicht, wie ich jemals wieder in ein normales Leben zurückkehren soll", sagte Oma, die neben Gwen saß und an einem Tee mit Whiskey nippte, während ihre Wangen vor Alkohol und Freude rosig wurden.

„Das musst du vielleicht auch gar nicht", sagte Loch und beugte sich vor, um ihre Hand zu drücken. „Du bist in unserem Dorf willkommen, denn du hast unserem Volk einen großen Dienst erwiesen, indem du dich so gut um Gwen gekümmert hast. Wenn du nicht all die Jahre auf sie aufgepasst hättest, hätten wir eine unserer besten Sucherinnen verloren."

Gwen strahlte über sein Lob und drehte sich dann um, um einen Arm um ihre Oma zu legen.

„Glaubst du, dass es dir hier gefallen würde? Wärst du glücklich, dein Zuhause zu verlassen? Ich weiß, wie sehr du dein Haus liebst, und du hast immer im Dorf gelebt."

Ihre Großmutter hielt inne, während sie gut über ihre Worte nachdachte. Sie beobachtete einige glitzernde Feen, die fröhlich um ein Lagerfeuer tanzten, das mit Magie verzaubert war und in allen Farben des Regenbogens schimmerte.

„Ja, ich glaube schon. Ich bin im Dorf geblieben, weil ich die Beständigkeit tröstlich fand und das Gefühl hatte, meinem Henry immer noch nahe zu sein. Aber das hier?" Oma deutete auf das magische Feuerwerk, das über ihnen in den Himmel stieg. „Ich müsste verrückt sein, wenn ich wieder in ein Leben ohne Magie zurückgehen würde. Denk nur an all die schönen Dinge, die ich hier lernen und erleben kann. Ja, es ist Zeit für mich, weiterzuziehen, vor allem, weil ich dadurch näher bei dir sein kann."

Gwen hatte zugestimmt, dass es am besten wäre, wenn sie mit Loch im Feen-Dorf in den Hügeln lebte, da es für sie keinen Sinn machen würde, ihre Kräfte in ihrem Heimatort zu verstecken. Wenn überhaupt, würde ihr Zuhause dadurch eher zur Zielscheibe werden, denn – so viel es diese Nacht auch zu Feiern gab – die Schlacht war noch nicht gewonnen.

„Ich werde mich besser fühlen, wenn ich weiß, dass du hier bist – in Sicherheit", stimmte Gwen zu.

„Wirst du deinen Laden vermissen?", fragte Loch Gwen und lehnte sich zurück, um sie an sich zu ziehen, und Gwen seufzte fast vor freudigem Entzücken über das Gefühl, das sie durchströmte, als sie sich in seine Arme schmiegte.

„Oh? Das schreckliche Dies & Das?" Gwen drehte sich zu Loch um und zog eine Augenbraue hoch, woraufhin er den Kopf zurückwarf und lachte.

„Ich bin sicher, ihr könnt gemeinsam einen besseren Namen finden", unterbrach Oma und Gwen sah sie verwundert an.

„Du mochtest den Namen auch nicht? Du hast nie ein Wort gesagt!", rief Gwen und ärgerte sich darüber, dass alle um sie herum den Namen ihres Ladens zu hassen schienen.

„Du warst so begeistert davon, dass ich dachte, was kann es schaden, es einfach stehen zu lassen?" Oma zuckte mit den Schultern, ein wenig wackelig vom Whiskey, und tätschelte Gwens Hand. „Aber ich bin sicher, dir könnte etwas Besseres einfallen, wenn du ein wenig darüber nachdenkst."

„Hmpf", sagte Gwen, und neben ihr bebte Lochs Körper vor Lachen. Sie stieß ihn in die Rippen, musste aber trotzdem kichern.

„Wir werden dir hier im Dorf einen Platz für deinen Laden besorgen, meine Liebe. Die Feen werden begeistert sein, wenn sie alle möglichen menschlichen Dinge kaufen können, die sie nicht brauchen. Es wird eine Kuriosität sein, die sie anzieht. Du wirst ein Hit sein."

„Ich kann hier einen Laden eröffnen?", quietschte Gwen und schlang ihre Arme fest um Loch.

„Du kannst alles machen, was du willst. Außer es ‚Dies & Das' nennen", sagte Loch, und Gwen stöhnte auf.

„Gut, gut. Ihr habt gewonnen. Ich werde einen neuen Namen finden", sagte Gwen, deren Kopf bereits vor Ideen übersprudelte. Sie konnte es kaum erwarten, einen neuen Raum zu gestalten.

„Ich kann kaum glauben, wie dein Macgregor das hier alles aufsaugt. Schaut euch den dicken Kater an", forderte Oma.

Macgregor, der offensichtlich entzückt darüber war, dass Feen in Katzen vernarrt waren, lag auf einem Samtkissen und patschte gegen einen Glitzerball, der magisch über ihm schwebte, während eine Fee seinen Bauch massierte. Er sah aus wie ein fetter König, der von einem Harem von Schönheiten umgeben war, die ihm jeden Wunsch erfüllten.

„Ich muss sagen, das ist vielleicht der schönste Teil meines Besuchs im Feendorf. Seht nur, wie glücklich er ist!" Gwen lachte, glücklich über die Welt im Allgemeinen, und hob ein Glas, um mit Bianca und Seamus anzustoßen. Bianca zerrte Seamus vom Feuer weg, und Gwen ahnte schon, wohin sie sich verziehen würden. Und genau dorthin würde sie Loch bringen, sobald Oma eingeschlafen war.

„Oh? Wirklich? Dein Lieblingsteil hier ist, Macgregor glücklich zu sehen?", sagte Loch und klang ein bisschen angefressen.

Gwen lächelte zu ihm auf. „Ich nehme an, es gibt noch ein paar andere Dinge ... du weißt schon, dies und das."

Sie quietschte, als Loch sie unter den Rippen kitzelte, und ihr Lachen schallte über die Hügel zu Amynta, die im Wasser schwamm und das bunte Treiben mit Freude verfolgte.

„Amynta."

Amynta drehte sich um. Sie wusste bereits, wer ihren

Namen gesagt hatte. Sie hatte ihn sofort gespürt, als er sich mit dem Boot der Stelle angenähert hatte, wo sie schwamm. Ihre Liebe war ein Magnet, der sie für immer zueinander zog.

„Miach."

„Unsere Tochter … sie ist wunderschön", sagte Miach und beugte sich vor, mit verschränkten Armen auf der Bordwand. Amynta ging zu ihm, wie sie es schon so viele Jahre zuvor getan hatte, und neigte ihren Kopf nach oben.

„Ja, das ist sie. Wir haben die richtige Wahl getroffen, mein Liebling", sagte Amynta, und Miach lehnte sich zur ihr, streichelte ihr Gesicht mit seinen Händen und drückte ihr einen sanften Kuss auf die Lippen.

„Ich trage dich immer in meinem Herzen", flüsterte Miach an ihren Lippen.

„Ich dich auch…", flüsterte Amynta, ließ sich unter Wasser zurückgleiten und schwamm wieder tief in die Dunkelheit. Es gab nichts mehr zu sagen – nichts, was man noch hätte tun können. Sie lebten in getrennten Welten, und ein gestohlener Augenblick würde niemals den Schmerz der Sehnsucht lindern können, den Amynta immer noch tief in sich trug.

Als sie in der Ferne noch einmal auftauchte, war das Feuer nur noch ein Schimmer am Horizont. Amynta flüsterte einen Zauber und Segen, mit dem sie ihre Liebe und Kraft über das Wasser zu denen schickte, die sie liebte.

Auch wenn sie sie nicht immer beschützen konnte, diese eine Nacht würde sie es tun.

Denn der härteste Teil stand noch bevor – sowohl für ihre Welt als auch für die der anderen.

DAS LIED DES SCHATZKESSELS

„S chwester."

Die Göttin Danu öffnete ihre Augen und erblickte ihre Schwester Domnu, die Göttin der Unterwelt und Anführerin der dunklen Feen, die derzeit dabei waren, Unheil über die friedliche Welt, über die Danu wachte, zu bringen. Danu fragte sich, ob die Rivalität zwischen den Geschwistern immer Bestand haben würde, und ob die

Jahre in der Dunkelheit Domnu dazu gebracht hatten, eine verzerrte Version der Schwester zu werden, die Danu einst gekannt hatte.

„Schwester", sagte Danu und neigte kurz den Kopf, bevor sie aufstand, mit geraden Schultern und festem Blick, um zu ermessen, was aus ihrer Schwester geworden war.

Domnu war dunkel im Vergleich zu Danus Licht – nicht weniger schön, aber so viel kälter. Wenn die Menschen beim Anblick von Danus reinster Form vor Freude weinen würden – sollte sie es jemals zulassen, ganz von einem Menschen gesehen zu werden – wären sie von Domnus dunkler Schönheit seltsam berauscht. Ihre sinnliche Aura wirkte verlockend und versprach eine süße Ekstase, aber nur im Tausch für einen Biss in den Apfel. Wenn überhaupt, war Domnu mit jedem Übel, das sie als grimmige und reuelose Herrscherin über andere gebracht hatte, schöner geworden. Es war, als ob Danu einen Eiszapfen betrachtete, von kalter, kristalliner Schönheit und den schärfsten Zacken, die ein warmes Herz skrupellos durchbohren konnten.

Sie umkreisten einander, beide waren sich der Macht der anderen bewusst, und beide wussten nicht, was die andere als nächstes tun würde. Hier, in diesem Zwischenraum, der den mächtigsten aller Wesen vorbehalten war, gingen sie auf und ab. Waren sie auf der Suche nach Wahrheiten oder Macht, fragte sich Danu kurz, hielt aber den Mund und wartete darauf, dass ihre Schwester erklärte, warum sie sie aufgesucht hatte. Nicht, dass Domnu den üblichen Weg gewählt hätte – etwa einen Boten zu schicken. Stattdessen hatte sie ihre Schwester förmlich aus einem Hinterhalt angegriffen, als Danu sich durch die

Mittelwelt schleichen wollte, um in einem helleren Reich einen sicheren Hafen zu finden.

Einen sicheren Hafen nicht für sich selbst, sondern für die Schätze, die sie bei sich trug.

Danu war sich bewusst, dass das Schicksal der Welt, wie sie die Feen und die Menschheit kannten, einzig und allein von den Schätzen abhing, die sie in einer Kettentasche unter ihrem Mantel verstaut hatte, und verfolgte mit ihren Augen jede Bewegung Domnus.

„Ich bin überrascht, dass du hierhergekommen bist – an diesem Zwischenort", säuselte Domnu, und ihr dunkles Haar schien sich eigenständig um ihre Schultern zu winden und zu drehen.

„Es ist der einzige Weg", sagte Danu achselzuckend, ohne ihren Gedanken zu Ende zu führen. Damit Danu die Schätze in eine sicherere Welt bringen konnte, musste sie zuerst das Mittelreich durchqueren. Ein Reich, in dem viele Gefahren lauerten, darunter auch ihre Schwester. Danu hatte damit gerechnet, war darauf vorbereitet, und nun wartete sie ab, was passieren würde.

„Du bist leichtsinnig", sagte Domnu. Ihre dunklen Augen blitzten vor Wut und vielleicht sogar Enttäuschung. Glaubte sie, dass Danu es ihr zu leicht gemacht hatte? „Zu riskieren, die Schätze zu verlieren – um meinem Volk die Türen zu öffnen? Man würde fast glauben, du hättest es geplant oder als stecke eine List dahinter. Nur hattest du nie eine so dunkle Gesinnung, oder? Als sich die Welten trennten, gingst du deshalb ins Licht und ich in die Dunkelheit. Es war immer in mir, verstehst du?"

„Ja, ich weiß", sagte Danu, etwas überrascht darüber, dass es sie auch nach all den Jahrhunderten noch immer traurig machte. „Aber du hattest auch etwas Gutes in dir. Wir alle haben eine Dualität, sowohl Menschen als auch Götter. Es kommt darauf an, welche Seite man gewinnen lässt."

„Gewinnen lassen?" Domnu warf den Kopf zurück und lachte. Das Geräusch klang wie Glas, das in Millionen Stücke auf dem Boden zerschellte. „Ich habe es nicht gewinnen lassen. Ich habe es mit Freude angenommen. Verstehst du denn nicht, meine hübsche Schwester? Nichts ist wichtiger als das, was ich will. Ich habe mein Schicksal gewählt, und jetzt werde ich über deines entscheiden."

Danu blockte den ersten Zauber ab, den Domnu ihr entgegenschleuderte – nicht, dass sie viel Kraft in ihn gesteckt hätte. Sie testete Danus Stärke, um zu sehen, ob sie dunkle Magie einsetzen würde, um sich zu schützen.

Danu wusste, dass es aussichtslos war, wollte es aber dennoch versuchen. Sie wollte an das Licht appellieren, das noch immer tief in Domnu verborgen war. „Schwester, ich sehe das Licht in dir. Es ist noch da. Ich weiß, du hattest Freude an deiner Schreckensherrschaft, aber dies hier – dieser Fluch, diese Schätze und die Zukunft unserer Welten? Es wird die Geschichte der Menschheit und der Feen gleichermaßen verändern. Königreiche werden fallen, magische Wesen aller Art werden zerstören, plündern und kämpfen. Es wird keine mehr Ordnung geben, keine natürliche Lebensweise. Selbst du, meine liebe Schwester, wirst den Angriffen derer ausgesetzt sein, die dich entthronen wollen. Verstehst du denn nicht, dass, wenn du das zulässt, ja sogar erzwingst, alle Reiche, wie wir sie kennen, in ein totales Chaos gestürzt werden?", sagte Danu und ließ dabei Domnus Augen nicht aus dem Blick.

Als sie das Funkeln des Wahnsinns in den dunklen Tiefen des Blicks ihrer Schwester sah, wusste Danu, dass alles verloren war.

„Chaos bringt Veränderung hervor. Es ist ein notwendiges Übel, und Veränderung, meine liebe Schwester, ist das Einzige, worauf wir uns verlassen können", sagte Domnu, und ihr Lächeln legte sich breit, ja manisch, über die scharfen Züge ihres Gesichts.

„Du hast die Wahl. Du kannst anders sein, anders leben, anders herrschen. Das alles ist nicht nötig", sagte Danu und kreiste um sie.

„Mein Volk würde mir niemals verzeihen. Wenn nicht ich es bin, die sie in eine neue Welt führt, dann wird es ein anderer Herrscher sein. Ich werde mich von niemandem aufhalten lassen, auch nicht von dir", zischte Domnu, und Danu wusste, dass die Zeit für Gespräche vorbei war. Sie hatte eine halbe Sekunde Zeit, um ihre Arme hochzureißen und sich vor der Welle von Zaubern zu schützen, mit der Domnu sie zu überschütten begann.

Blitze zuckten auf. Sie kämpften in einem Wettstreit von Zauber gegen Zauber, helle Magie gegen dunkle. Der Himmel grollte und die Zeit schien stillzustehen, während die Welt auf das wartete, was als nächstes kommen würde.

Und als Danu stürzte und die Schätze von ihrer Seite gerissen wurden, wirkte sie den letzten Zauber, der ihr zur Verfügung stand – den einzigen, der sie alle retten konnte – und betete, dass er seinen Zweck erfüllen würde. Denn Domnu plante, die Schätze in die Unterwelt zu bringen, zusammen mit den Sucherinnen selbst.

Danu riss ihre Augen auf, ihre Energie war völlig aufgebraucht. Sie sah, wie Domnu wütend davonrannte. Dunkle

Magie umgab sie, während sie einen Zauber nach dem anderen sprach und versuchte, Danus Licht zu brechen. Als es ihr nicht gelang, drehte sie sich um und schrie Danu an.

„Wenn ich sie nicht mitnehmen kann, dann schließe ich sie weg, bis die Zeit abgelaufen ist und die Mauern zwischen den Welten bröckeln werden. Du. Wirst. Mich. Nicht. Aufhalten!"

Domnu blitzte aus dem Blickfeld und Danu schloss die Augen. Dann wirkte sie einen Zauber des Lichts und der Liebe, den sie zusammen mit einem Gebet zu ihren Sucherinnen schickte.

„Es tut mir leid, meine Sucherinnen. Es ist die einzige Möglichkeit, den letzten Schatz zu finden...", flüsterte Danu, die Hand an die Brust gepresst, als sie beobachtete, wie die Frauen, die sie so sehr bewunderte, mitten in der Nacht aus ihren Betten gerissen und von dunkler Magie umgeben wurden, bevor sie die Chance hatten, sich zu wehren. Nur ein Beschützer, Lochlain, war in der Lage, den Bann zu brechen und zu wissen, wo sich seine Sucherin befand. Vorerst waren die Na Cosantoir wieder auf sich allein gestellt.

Die Insel des Schicksals: Buch 4 – Jetzt verfügbar!

NACHWORT

Irland hat einen besonderen Platz in meinem Herzen – es ist ein Land der Träumer und für Träumer. Es gibt nichts Schöneres, als es sich in einer Kneipe am Kaminfeuer gemütlich zu machen und einer Musiksession zuzuhören oder eine Tasse Tee zu trinken, während der Regen vor dem Fenster die Sicht vernebelt. Ich werde für immer von diesen felsigen Ufern verzaubert sein und hoffe, dass Ihnen das Lesen dieser Serie genauso viel Spaß macht, wie ich es genossen habe, sie zu schreiben. Danke, dass Sie an meiner Welt teilnehmen.

Ich bin überglücklich, dass meine Geschichten ins Deutsche übersetzt werden. Die Übersetzungen meiner Romane nehmen ein bisschen Zeit in Anspruch. Melden Sie sich also für meinen Newsletter an, um zu erfahren, wann das nächste Buch erscheint.

http://eepurl.com/hLxHBz

Ich hoffe, meine Bücher haben in Ihrem Leben ein wenig Zauber hinterlassen. Wenn Sie einen Moment Zeit haben, um mir davon etwas zurückzugeben, würde ich mich freuen, wenn Sie Ihren Freunden davon erzählen und eine Bewertung hinterlassen. Mundpropaganda ist die wirkungsvollste Methode, um meine Geschichten zu teilen. Danke schön.

DIE INSEL DES SCHICKSALS

Buch 1 - Das Lied des Steins

Buch 2 - Das Lied des Schwerts

Buch 3 - Das Lied des Speers

Buch 4 - Das Lied des Schatzkessels

Jetzt verfügbar

Eine komplette Serie mit vier Romanen von

Tricia O'Malley

"Ein tolles Buch, es greift irische Mythen auf und verbindet diese mit einem spannenden undgefühlvollen Roman. Ich freue mich schon auf das nächste Buch dieser Serie" - Amazon Review

GEHEIMNISVOLLE BUCHT

---

*Jetzt verfügbar

BÜCHER VON TRICIA O'MALLEY

ENGLISH EDITIONS

Tricia O'Malley has over 30 english speaking titles available in paperback, audio, e-book and Kindle Unlimited.

The Siren Island Series*

The Althea Rose Series*

The Isle of Destiny Series*

The Mystic Cove Series*

The Wildsong Series

The Enchanted Highlands Series

*Complete Series

Love books? What about fun giveaways? Nope? Okay, can I entice you with underwater photos and cute dogs? Let's stay friends, receive my emails and contact me by signing up at my website

www.triciaomalley.com

Or find me on Facebook and Instagram.

@triciaomalleyauthor

BÜCHER VON TRICIA O'MALLEY

STAND ALONE NOVELS

Ms. Bitch

"Ms. Bitch is sunshine in a book! An uplifting story of fighting your way through heartbreak and making your own version of happily-ever-after."

~Ann Charles, USA Today Bestselling Author

Starting Over Scottish

Grumpy. Meet Sunshine.

She's American. He's Scottish. She's looking for a fresh start. He's returning to rediscover his roots.

One Way Ticket

A funny and captivating beach read where booking a one-way ticket to paradise means starting over, letting go, and taking a chance on love...one more time

10 out of 10 - The BookLife Prize

Pencraft Book of the year 2021

DANKSAGUNG

Ein tief empfundenes und herzliches Dankeschön geht an diejenigen in meinem Leben, die mich kontinuierlich auf diesem wunderbaren Weg als Autorin unterstützt haben. Manchmal kann dieser Job sehr stressig sein, daher ich bin dankbar für meine Freunde, die immer ein offenes Ohr haben und mir durch die kniffligeren Momente der Selbstzweifel helfen. Ein ganz besonderer Dank geht an The Scotsman, der an erster Stelle mein großartigster Unterstützer ist und es immer schafft, mich zum Lächeln zu bringen. Ein weiterer besonderer Dank geht an Ulrike Bartz und Annette Glahn für die Hilfe bei der Übersetzung dieses Buches. Ihre Liebe zum Detail und ihre sorgfältige Arbeit haben mein Buch zum Leben erweckt - danke!

Jedes Buch, das ich schreibe, ist ein Teil von mir und ich hoffe, dass Sie die Liebe spüren, die ich in meine Geschichten stecke. Ohne meine Leser bedeutet meine Arbeit nichts, und ich bin dankbar, dass Sie bereit sind, Ihre wertvolle Zeit mit den Welten zu teilen, die ich erschaffe. Ich hoffe, jedes Buch zaubert Ihnen ein Lächeln ins Gesicht und lässt Sie für einen Moment dem Alltag entfliehen.

Sl ainté, Tricia O'Malley